LA

FILLE DE L'ÉBÉNISTE

Du Faubourg Saint-Antoine.

Le 1er volume des

NOUVELLES MORALES DES FAUBOURGS,

contient :

1°

LA PORTIÈRE DU FAUBOURG DU TEMPLE.

Les bons cœurs sont aimés du
bon Dieu.

2°

LE BIJOUTIER DU FAUBOURG ST-MARTIN.

Garde toujours le Dimanche et ne
fais jamais le Lundi.

———— ⟶ ☙ ——————

Un nombre progressif d'exemplaires est accordé
aux personnes qui, dans un but de zèle et de propa-
gande chrétienne, en demandent à la fois 10 , 20, 50
ou 100 exemplaires.

Imprimerie de W. REMQUET et Cie, rue Garancière, 5.

NOUVELLES

MORALES

DES FAUBOURGS

Par M¹ N. A.***

TROISIÈME NOUVELLE.

LA FILLE DE L'ÉBÉNISTE

DU FAUBOURG SAINT-ANTOINE.

Les amis de Dieu sont les plus forts.

PARIS

CHARLES DOUNIOL, LIBRAIRE-ÉDITEUR,

rue de Tournon, 29.

1856

LA
FILLE DE L'ÉBÉNISTE

DU FAUBOURG SAINT-ANTOINE.

Introduction.

Oɴ voyait encore, en Juin 1851, dans le faubourg Saint-Antoine, entre les rues Sainte-Marguerite et Saint-Bernard, une vieille maison avec pignon sur rue, et dont le toit verdâtre, s'avançant en forme d'auvent, dépassait de près d'un mètre l'alignement supérieur des maisons voisines. Resserrée entre deux constructions neuves comme dans un étau, étroite dans tous les sens, presque disloquée par le fait de sa vétusté et surtout

1

par celui de sa construction d'un genre très-
primitif, elle ne différait guère, à l'extérieur,
de la plupart des maisons de nos plus anciennes petites villes de province. Malgré les
ardoises incomplètes et déjetées qui es-
sayaient de défendre contre l'action incess-
sante de l'air, de la pluie et du soleil les divers points de l'assemblage apparent de sa
charpente et qui formaient sur toute sa sur-
face, teinte d'un jaune douteux, les croisil-
lons le plus bizarrement tourmentés , il
n'était pas difficile de prévoir l'heure prochaine de sa démolition. Son moment suprême arriva trois ans après l'histoire que
nous allons raconter.

Ne faut-il pas d'ailleurs une fin à toute
chose : aux habitations les plus humbles,
comme aux plus superbes châteaux ?

Un rez-de-chaussée très-bas, sur la gau-
che une allée plus basse encore et assez
sombre, trois étages composés chacun de

trois petites pièces percées par trois croisées à coulisses, un large grenier et pour
l'éclairer une énorme lucarne ronde sur laquelle le toit proéminent figurait comme un
grand accent circonflexe; le tout surmonté
d'une girouette depuis longtemps hors
d'aplomb, penchée au repos, mais, une fois
en exercice, s'ébattant avec des contorsions
désespérées sur son pivot branlant, et grin-
çant alors de la plus horrible façon : telle se
présentait aux regards des passants la maison dont les habitants vont maintenant nous
occuper.

Commençons par le propriétaire qui avait
choisi, comme de juste, le premier étage.

C'était un modeste chaudronnier, *retiré
des affaires,* ainsi qu'il le disait, et venu de la
rue de Lappe, appelée rue Louis-Philippe, en
1830, rue célèbre du quartier Saint-Antoine,
dans laquelle, selon le dicton assez connu, *il
n'y a ni hommes, ni femmes, ni enfants, mais*

rien que des Auvergnats, et des chaudron-
niers.

La chance n'avait pas tourné, dans son
industrie, aussi favorablement pour lui que
pour la plupart de ses compatriotes et voisins.
Ceux-ci, à force de travail, d'esprit de conduite et de privations, parviennent à acheter du bien *au pays :* des prés, des moulins,
des fermes, voire d'assez confortables maisons de villes, où ils vont, tous les trois ans,
porter soigneusement leurs économies. En
général, quand ils commencent à devenir
vieux, ils vont s'y retirer et y passer le reste
de leur vie, presque toujours très-longue,
comme de riches et gros bourgeois.

Moins heureux dans sa fortune, mais dénué
de toute ambition, et d'ailleurs, selon son
dire, *jouissant d'une mauvaise santé*, le chaudronnier, en quittant assez jeune encore
son état qui le fatiguait depuis longtemps,
n'avait pas cependant renoncé, lui non plus,

à devenir propriétaire. Il résolut donc de céder sa boutique à son neveu, l'unique parent
qui lui restait. Moyennant le produit de la
vente de son fonds, il acheta à bon marché,
des héritiers d'un fort marchand de bric-à-
brac, la vieille maison du Faubourg, qu'il se
contenta de faire assez bien restaurer et
même enjoliver à l'intérieur. Il y demeurait,
dès l'année 1831, avec sa femme, née dans la
rue de Lappe et fille par conséquent d'un
Auvergnat.

Notre ancien industriel n'avait guère alors
qu'une quarantaine d'années. Son nom était
Valdoux.

La Providence n'avait point départi de
progéniture aux époux Valdoux, mais, en
revanche, leur avait octroyé le même caractère et la même manière de parler, de
voir et de vivre : gens très-casaniers et tant
soit peu égoïstes ; du reste, tranquilles, inof-
fensifs, ne se mêlant jamais des affaires des

autres, assez complaisants pour leurs locataires, *amis de la paix à tout prix,* et surtout
ennemis de tout changement et de toute réforme dans la chose publique, qu'ils esti-
maient d'autant plus parfaite, que M. Valdoux
avait eu l'insigne honneur de recevoir, à la
porte même de son ancienne boutique de la
rue de Lappe, une grosse poignée de main
de Louis-Philippe, le surlendemain des trois
journées de Juillet.

Le rez-de-chaussée se trouvait loué à un
ménage aussi sans enfants, qui cumulait les
fonctions de concierge avec un commerce si
multiple et si varié qu'il serait presque impossible d'en préciser le nom, ni d'en décrire
exactement l'achalandage. Était-ce une
épicerie, une fruiterie, une friperie, une
quincaillerie, une herboristerie ? C'était tout
cela et plus encore. D'après leur convention,
et même, disaient les malins du quartier,
d'après leur contrat de mariage, à l'effet

d'éviter tout grabuge intérieur, chacun des deux époux Brosset tenait dans la même boutique sa partie de commerce entièrement à part pour l'achat, la vente et les profits.

M. Brosset, homme très-docile serviteur de sa femme et d'une intelligence assez bornée, ne s'occupait exclusivement que de son négoce; vendait des petits pâtés et des clous, de vieilles serrures et du papier, des chaussures d'occasion, de la réglisse et des bâtons de sucre d'orge.

Madame Brosset, femme bavarde, médisante, cancannière à faire se battre des montagnes, revêche, impérieuse, acariâtre à l'égard de son mari et assez souvent de ses pratiques, tenait du ruban, des pommes de terre frites, du fil, des aiguilles, de vieilles hardes, du vulnéraire suisse, de la racine de patience, des billes, des toupies, de la salade et des bonnets en tulle, et même la petite goutte, en cachette, pour les voisines. Nous passons une infinité de détails. C'était dans cet établissement un tohu-bohu de choses les plus étonnées de se trouver ensemble. Du reste, il régnait un certain ordre dans l'arrangement de ces articles si divers.

La boutique des époux Brosset était connue dans le Faubourg sous le nom du *Petit Capharnaüm de Saint-Antoine,* et fréquentée par une foule de modestes ménages, de commères et surtout d'apprentis du quartier. Dieu seul peut savoir tout ce qui s'y vendait et tout ce qui s'y disait!

Ajoutons que madame Brosset vendait, louait et, au besoin, posait elle-même des sangsues, et que M. Brosset repassait les couteaux et raccommodait la vaisselle.

Quant aux habitants du second étage, comme ils doivent tenir le premier rang dans cette histoire, nous ne commencerons à en parler que dans le chapitre suivant. Montons de suite au troisième

Le troisième étage de la plupart des maisons, à Paris, est naturellement, comme aimait à le répéter avec importance M. Valdoux,
notre propriétaire, *très-bien porté*, même
dans les quartiers les plus riches de la capi-
tale; mais, dans l'espèce, l'étage susdit équi-
valait vraiment à un sixième, attendu qu'il n'y
avait au-dessus autre chose que le grenier.

Ce grenier, vaste, immense eu égard à la
maison, et plus élevé même de voûte que les
étages inférieurs, se trouvait, par le fait,
d'une nécessité indispensable pour les locataires. Aussi y avaient-ils accumulé, tous
sans exception, force meubles, coffres, mal-
les, effets et vieilleries de toutes sortes qu'ils
n'auraient pu placer dans leur logement
respectif, malgré la meilleure volonté du
monde.

Des archéologues indigènes, à force de rai-
sonner sur la grandeur relative de ce local
supérieur et en particulier de la lucarne

1.

ronde qui lui donnait de l'air et du jour,
avaient fini par prétendre que ce grenier, et
partant la maison, avaient été bâtis par un
riche meunier de la Cour, quelques années
avant les troubles de la Fronde. Ils soutenaient même sérieusement qu'une partie en-
dommagée de la toiture portait encore la
marque d'un boulet de canon, tiré du fort de
la Bastille sur les troupes royales par Mademoiselle de Montpensier. Tout le monde sait
que ce malencontreux boulet ne fit aucun
mal ni à qui ni à quoi que ce soit et même,
selon la réflexion spirituelle du cardinal
Mazarin sur l'équipée de cette folle et am-
bitieuse princesse, ne *réussit* dans ce jour
qu'*à tuer son mari.*

Quoi qu'il en soit, le troisième étage était
habité par un Alsacien, M. Clémann, contre-
maître habile d'une des plus célèbres fabri-
ques de pianos. Veuf, dès l'âge de trente-huit
ans, d'une femme de son pays qu'il avai

perdue dans cette même maison, il n'avait
qu'un seul enfant, un garçon, nommé Adolphe comme lui.

On disait dans tout le quartier que M. Clémann était *la crème des honnêtes gens*.
Franc, loyal, observateur sincère et fidèle
de ses devoirs religieux, ne soupçonnant
jamais dans son prochain la malice ou la
fraude, ne se connaissant aucun ennemi,
plein de dévouement pour ceux qu'il croyait
ses amis, jugeant de tout le monde par
lui-même, trompé au jour le jour par les
pauvres qui le harcelaient, gagnant beaucoup, dépensant peu, donnant tout, l'Alsacien jouissait à juste titre de l'estime et
de l'amitié de son patron, de ses camarades
et de ses voisins, et particulièrement des locataires du second étage, dont nous allons
maintenant entretenir nos lecteurs.

CHAPITRE I.

Delaunay l'Ébéniste.

Au mois de Mars 1834, M. Valdoux, heureux de recevoir comme locataires dans sa maison deux nouveaux époux, avait renouvelé les papiers, les armoires et la peinture du deuxième étage. Ce logement, remis entièrement à neuf, était destiné au jeune ménage Delaunay.

Certains détails historiques ont ici de l'importance.

Delaunay, né à Versailles, avait reçu de ses parents, honnêtes petits commerçants, une première éducation soignée et très-chré-

tienne. Il les perdit tous deux dans l'année
même qui suivit sa première Communion.
Prenant en pitié le sort de l'orphelin, son
oncle, employé dans les douanes, se hâta
de le placer, comme apprenti à demeure,
chez M. Delvaux, l'un des plus renommés
fabricants d'ébénisterie de la rue de Cha-
ronne, à Paris.

La conduite régulière du jeune Delaunay,
malgré son caractère inquiet, mobile, entier, emporté même quelquefois, son as-
siduité au travail, son aptitude rare et sa
physionomie pleine de vivacité, d'ardeur et
d'intelligence lui concilièrent bientôt l'intérêt de son patron. Après cinq années conve-
nues d'apprentissage, il devint bientôt l'un
des plus habiles ouvriers de la maison. On
pouvait déjà lui confier, en toute assurance,
la façon des plus beaux meubles de luxe et
de fantaisie. Ses dessins étaient d'un goût
parfait, son coup d'œil sûr, sa main fine et

délicate ; il avait le *chic*, selon le dire de ses camarades ; il travaillait en véritable artiste.

Tout lui aurait sans doute réussi en ce monde, si, pour régler ses premiers succès et gouverner ses premiers pas dans la vie, il eût eu près de lui un père qui le soutînt de ses conseils, et surtout une mère qui l'environnât de sa tendre sollicitude et de son prévoyant amour. Mais abandonné entièrement à lui-même, livré à ses propres idées, privé de la protection de son oncle qui mourut avant la fin de son apprentissage, et naturellement peu communicatif même à l'égard de son patron qui cependant l'aimait beaucoup, Delaunay, à peine âgé de dix-neuf ans, prit une direction mauvaise.

Animé d'un désir vif et ardent de s'instruire et de compléter son éducation si tôt interrompue, il se mit donc à employer tous les loisirs des jours et souvent même la plus grande partie des nuits à la lecture impru-

dente, irréfléchie et immodérée de toute espèce de livres, de journaux et de romans im-
pies et immoraux, où les principes les plus
évidents, sur lesquels reposent la religion,
la vertu, la famille et la société, sont d'abord
perpétuellement remis en cause, jugés en-
suite insidieusement et ébranlés avec audace, puis enfin criminellement sapés dans
leurs bases.

Delaunay, dont l'instruction n'était que
superficielle, ne possédait d'ailleurs aucun
guide dans le choix et le discernement de
ses lectures, ni aucune expérience pour le
prémunir contre le péril auquel il s'exposait.
Et dès lors, quel moyen pour lui de démêler
dans ses livres dangereux le vrai du faux,
le bien du mal, la lumière de toutes ces
ténèbres accumulées par la mauvaise foi,
l'ignorance orgueilleuse et les passions les
plus désordonnées?

Notre jeune ouvrier, qui, malgré une cer-

laine force d'âme, ne vivait guère que d'impressions et d'imagination, s'enivrait donc,
à son insu, du poison contenu dans ces cou-
pes perfides qui recèlent toujours le mépris
de toute autorité, et souvent même, avec la
haine du devoir, la corruption de l'esprit et
la dégradation du cœur.

Toutefois, la mémoire chérie de ses parents si bons et si vertueux, à laquelle se
rattachait le souvenir non moins précieux
du grand acte de sa première Communion
qu'il avait accompli et même renouvelé plusieurs fois avec les plus religieuses dispositions, la crainte instinctive de tout ce qui
eût été capable de le dégrader à ses propres
yeux, le trouble spontané qui remue profondément la conscience et arrête le jeune
homme élevé chrétiennement, au moment
où il est sur le point de se rendre coupable
d'une première faute grave : toutes ces ins-
pirations puissantes qui partent de Dieu,

toutes ces appréhensions soudaines qui viennent du fond de l'âme, réussirent heureusement à retenir Delaunay sur le penchant du
vice où il voyait chaque jour se précipiter un
si grand nombre de jeunes gens de son âge.

Mais sa foi s'obscurcit, son intelligence se
faussa, sa piété s'anéantit, son sens moral
s'abaissa; son caractère devint plus âpre,
plus brusque, plus inconstant que jamais.
Tantôt rêveur et morose pendant des journées entières, tantôt se livrant tout à coup et
sans cause à une joie bruyante et exagérée,
il ne faisait que trop voir à l'extérieur les ravages secrets causés en lui par le génie du
mal. Concentré presque toujours dans ses
propres pensées, Delaunay, malgré certains
dehors de politesse, affectait un silence dédaigneux envers ses plus jeunes camarades,
une réserve presque hautaine envers les plus
anciens.

Son patron, homme de bon sens, qui

n'avait du reste rien de grave à reprocher à la conduite de Delaunay, ne tarda pas cependant à remarquer en lui cette sorte de singularité qu'on ne peut préciser, ce je ne sais quoi d'étrange dont le nom manque, mais qui finit, à la longue, par inquiéter un esprit droit et surtout un cœur dévoué. Il faisait souvent ces réflexions au sujet de son jeune ouvrier : « D'où lui vient donc cette re-
« crudescence perpétuelle de bizarreries dans
« son humeur?.... Ses mœurs sont pourtant
« régulières ; il ne voit aucune mauvaise so-
« ciété ; il ne fréquente même plus ses com-
« pagnons les meilleurs, ce qui me paraît
« extraordinaire..... Il rentre chez lui de
« bonne heure ; il ne sort que pour venir à
« l'atelier.... Je ne puis m'expliquer ce qui
« se passe en lui..... Je m'y perds..... C'est
« pourtant un brave garçon ; il a été bien
« élevé ; j'ai été pour lui comme un second
« père ; mais les défauts de son caractère

« vont toujours en empirant.... Il évite même
« ma présence.... Il faudrait pourtant que je
« lui parlasse un de ces jours.... Mais, mon
« Dieu ! je ne le sais que trop : lui donner un
« conseil n'est pas chose facile, maintenant
« surtout.... Et puis comment recevra-t-il
« mes questions et mes avis ? Peut-être fort
« mal ?.... Je crains qu'il en vienne alors
« avec moi jusqu'aux extrémités, et je lui
« veux trop de bien pour m'en séparer.....
« Delaunay me fait de la peine.... Je tremble
« pour son avenir.... »

Telles étaient les pensées de M. Delvaux,
qui ne se doutait aucunement de la cause
funeste de tout le mal. En attendant une occasion favorable pour s'ouvrir à Delaunay,
occasion qui ne se présenta pas ou qu'il ne
se sentit jamais le courage de saisir, il se
contenta de lui montrer, de temps à autre
et à dessein, un visage triste, peiné et
toutefois affectueux. Malheureusement De-

launay, au lieu de comprendre ce que voulait lui dire ou plutôt lui demander ce muet
et éloquent langage, l'interpréta de la manière la plus fausse et la plus injuste envers
le protecteur de son enfance, non pas en
consultant son cœur, naturellement bon,
mais les maximes et les insinuations perfides
de plusieurs de ses livres, où l'autorité d'un
maître, même le plus bienfaisant, est toujours représentée comme une humiliation
révoltante et un joug insupportable.

Cependant, un événement, de la plus extrême importance dans la vie de l'homme,
vint donner, au moins pour un temps, un
autre cours aux habitudes de notre jeune
ébéniste. Il venait alors d'atteindre sa vingt-
troisième année.

M. Delvaux, qui, du reste, n'avait jamais
cessé de mettre une entière confiance dans
sa probité, le chargeait ordinairement de
l'acquisition de certaines matières premières

ou déja manipulées que réclament le travail
et l'art de l'ébénisterie. C'est en s'acquittant
de ces divers achats que Delaunay fit la con-
naissance d'une famille estimable de la rue
Maubuée, dont le chef, M. Hardouin, tenait
un assez modeste magasin de couleurs. Quoiqu'elles fussent assez circonscrites, M. Hardouin menait à bonne fin ses affaires. Depuis
la mort de sa femme, une de ses tantes gardait le comptoir, et son fils, l'aîné de la famille,
tenait les écritures de la maison. L'une de ses
filles était mariée à un horloger établi;
M. Hardouin avait encore sa plus jeune fille
à pourvoir.

Celle-ci, appelée Augustine, à laquelle l'éducation maternelle, qui ne se remplace jamais,
avait manqué entièrement, venait de sortir de
pension vers le temps même où les relations
de Delaunay avec la famille Hardouin commençaient à devenir un peu plus fréquentes.
Elle entrait alors dans sa dix-huitième année.

En général, c'est avec joie qu'une jeune personne voit arriver le moment où, terminant enfin sa vie de pension, elle reprend comme une existence nouvelle avec sa place trop longtemps vacante et ardemment désirée au foyer domestique. Augustine n'éprouva pas ce bonheur.

D'abord elle n'avait plus de mère; sa grand'tante, bonne vieille femme qui la connaissait à peine, ne pouvait guère lui en tenir lieu. Quant à son père et à son frère, leurs travaux, leurs allées et leurs venues continuelles dans la boutique, l'arrière-boutique, le magasin et l'arrière-magasin ne leur permettaient de la voir et de causer avec elle que le soir pendant quelques instants ou aux heures très-courtes des repas, durant lesquelles ils étaient sans cesse dérangés pour les demandes de détails. De plus, le commerce et surtout la manipulation des couleurs lui revenaient fort peu.

Elle n'avait pour refuge ordinaire que les quatre murs de sa petite chambre, située au-dessus du laboratoire. Là, presque toujours seule et ne trouvant à qui parler, elle ne rencontrait d'autres distractions que le bruit incessant qui se faisait dans la maison, que l'odeur nauséabonde des produits chimiques, ou la vue perpétuelle et fort peu récréative d'énormes bocaux poisseux, de grandes terrines jaunes toutes gluantes de vernis, de gros barils enduits de plâtre et de goudron, ou la lecture déjà vingt fois recommencée de ses prix de classes, ou plus habituellement encore un travail fastidieux de tapisserie, de crochet et de broderie.

Tout cet ensemble de vie intérieure, auquel elle était désormais condamnée pour un temps indéfini, remplissait l'âme d'Augustine de dégoût et d'ennui. Combien de fois se prit-elle à regretter sa pension, ses bonnes

maîtresses, surtout ses jeunes compagnes et
leurs amusements folâtres, et leurs intermi-
nables causeries, et leurs rires éternels pour
des riens, et les lointaines promenades dans
les champs aux jours de grand congé, et le
beau jardin où l'on cueillait des fleurs et
même des fruits avec tant de plaisir, à cause
de la défense, et la grande cour où l'on jouait
avec tant d'ardeur, et la petite chapelle où
l'on priait si bien, et le long dortoir où l'on
médisait des sous-maîtresses innocemment
et tout bas, avant de s'endormir! « Hélas !
disait avec un sourire plein de tristesse la
pauvre enfant qui avait appris par cœur
l'*Athalie* de Racine : *Que les temps sont chan-
gés !* »

Encore, si la jeune fille eût acquis dans sa
pension la science si utile et si rare de se
créer des occupations sérieuses et attachan-
tes, et par là de pouvoir se suffire à elle-
même ; mais Augustine, malgré son éduca-

tion bien dirigée, malgré des qualités précieuses, obéissait néanmoins, dans sa conduite habituelle, à des instincts de découra-
gement, de mollesse, de laisser-aller et de
pusillanimité qu'aucun effort de la part de
ses maîtresses n'avait pu vaincre et dominer.
Du reste, son cœur était pur, ses mœurs
douces et bienveillantes, sa piété sincère. Par
contre, son imagination et sa sensibilité s'en-
thousiasmaient trop facilement; ses premières impressions devenaient bientôt fixes et
impérieuses. Elle tenait beaucoup de sa
mère qui, née de parents français, avait passé
toute sa jeunesse à la Martinique dans la société des créoles.

Delaunay venait, de temps à autre, passer
une partie de la soirée chez M. Hardouin;
c'était à peu près la seule visite que reçût
celui-ci. Augustine, manquant tout à la fois
des conseils d'une mère, de travaux intéres-
sants dans la maison paternelle et surtout

d'expérience, se laissa peu à peu surprendre par certaines qualités extérieures du jeune ébéniste, dont la physionomie lui paraissait distinguée, les manières polies, la conversation vive et attachante. Son cœur s'engagea ; et ses sentiments, qu'elle ne tenait pas, du reste, à cacher, furent bientôt compris et partagés par Delaunay qui se tenait néanmoins sur la réserve et rendait même dès lors ses visites moins fréquentes et moins longues. Malgré ses lectures romanesques, il avait gardé encore assez de bon sens pour comprendre l'infériorité de sa position.

Mais Augustine demandait elle-même instamment à son père son mariage avec Delaunay.

En vain M. Hardouin, sa bonne vieille tante, son frère et sa sœur réunirent-ils leurs efforts pour s'opposer à son inclination irréfléchie ; toutes leurs observations furent inutiles.

Il y avait là, selon M. Hardouin, une véritable mésalliance : sa fille aînée était mariée
à un homme établi, et faisant parfaitement
ses affaires ; son fils, qui devait naturellement lui succéder, avait déjà en vue un parti
avantageux, tandis qu'Augustine, ayant droit
à une dot semblable à celle de sa sœur, dix
mille francs, sans compter quelques modestes espérances, au lieu d'attendre une circonstance favorable et qui ne pouvait man-
quer de se présenter bientôt, allait épouser
un simple ouvrier, habile et instruit sans
doute, mais ne possédant aucune fortune et
par conséquent aucun avenir. En outre,
M. Hardouin, homme d'expérience et d'ob-
servation, avait, lui aussi, remarqué l'incons-
tance de caractère et l'humeur fantasque qui
perçaient involontairement dans Delaunay,
malgré la contrainte que celui-ci exerçait
sur lui-même. Mais il fallut de guerre lasse
céder à Augustine qui, d'ailleurs, prenait de

plus en plus en aversion la maison de son père.

Toutefois, M. Hardouin, redoutant l'avenir et voulant sauvegarder les intérêts bien entendus de sa fille, exigea que dans le contrat de mariage, dressé sous le régime de communauté, il fût néanmoins stipulé que le capital de la dot d'Augustine serait réservé et inaliénable, et que, de leur vivant, les époux n'auraient droit qu'aux intérêts.

Pendant les premières années de cette union, la concorde la plus intime régna dans le jeune ménage, à part quelques saillies de caractère dont Delaunay, qui alors essayait sérieusement tous les moyens de se maîtriser, n'avait pu se corriger entièrement. N'étant plus, comme par le passé, absorbé dans ses livres et ses journaux, il consacrait tous ses loisirs à l'intérieur de sa maison. Aussi paraissait-il aux yeux de tous comme un autre homme. Ses camarades, son patron,

2.

son beau-père lui-même, ne pouvaient s'empêcher de manifester leur joie en voyant son
humeur plus égale et son air de contente-
ment et de bonheur. M. Delvaux lui disait de
temps en temps : « Delaunay, je voulais de-
« puis longtemps te sermonner ; mais je le
« vois, ta femme est plus éloquente que je
« n'aurais pu l'être moi-même ; je suis main-
« tenant bien content de toi, mon ami. » Ses
camarades répétaient souvent dans l'atelier :
« Ce que c'est pourtant que de se ranger ! on
« devient plus doux qu'un agneau et plus
« heureux qu'un roi. »

Ces heureux commencements ne furent
pas toutefois exempts de chagrin et de douleur. Sur trois enfants que Dieu avait donnés
aux Delaunay, deux garçons furent ravis, dès
le berceau, à leur tendresse. Aussi toute leur
affection se concentra sur l'unique enfant
qui leur restait. C'était une fille. Madame
Delaunay, pour attirer sur cette enfant toutes

les bénédictions du ciel, avait invoqué ses
plus chers souvenirs et voulu qu'elle s'appe-
lât *Blanche*, c'était le nom de sa mère, et
aussi en mémoire de sa pension où elle avait
analysé, avec tant d'émulation et de succès,
la vie de la reine Blanche, à la dernière com-
position des prix.

Au milieu de la consolation, de la joie et
de la vie que Blanche apportait dans l'intérieur de la maison, Augustine fut un jour
saisie du plus douloureux effroi : elle vit
tout à coup le visage de son mari s'assom-
brir, son esprit s'inquiéter, son caractère
s'aigrir, son air devenir taciturne, ses manières brusques et dures. Sans aucune raison, sans prétexte même, Delaunay se prit à
affliger presque tous les jours sa femme par
des scènes violentes, ne portant pas sur elle,
il est vrai, une main coupable, mais lui re-
prochant avec amertume, comme des crimes,
son éducation plus distinguée que la sienne,

ses goûts et ses manières au-dessus du vul-
gaire, sa dot qui la faisait plus riche que lui,
ses parents qui avaient une position supé-
rieure à la sienne. Il se raillait de sa retenue,
de sa patience et de sa confiance en Dieu.

Evidemment, le cœur de Delaunay, qui naguère aimait tant son Augustine, commençait à perdre sa propre conscience; son
intelligence méconnaissait sa route et sa lumière; une nuit fatale était venue se saisir peu
à peu de son être moral et l'envelopper de
ses voiles funestes.

La source de tant de maux, que madame
Delaunay cherchait en vain au milieu de ses
gémissements et de ses larmes, nos lecteurs
l'auront-ils devinée ?

Il y a certains poisons lents qui, dans leurs
ravages intérieurs, semblent se reposer parfois et endorment pour quelque temps leurs
victimes dans une mensongère sécurité, puis,
soudainement ranimés par une circonstance

imprévue, reprennent aussitôt leur activité
première et se développent alors avec une
intensité effroyable.

Ce triste phénomène se passait en notre
ébéniste. Excité, entraîné par quelques faux
amis, dont les détestables opinions lui rap-
pelèrent ses lectures passées, il lui arriva
de s'éprendre d'un nouveau zèle pour ces
romans corrupteurs et ces journaux hypocrites qui, sous le gouvernement de Louis-
Philippe et précédemment sous celui de la
Restauration, livrèrent impunément une
guerre incessante, tantôt voilée, tantôt effron-
tée, à tout principe religieux, politique et so-
cial, enseignant les doctrines les plus subversives de toute autorité, de toute croyance,
de toute vérité.

Il faut dire néanmoins, à la louange de
notre ouvrier, que, malgré ces écrits impos-
teurs où le mépris de l'humanité est honteu-
sement enseigné, il n'accueillit jamais dans

son esprit le moindre soupçon contre la conduite irréprochable d'ailleurs et si pure de sa femme, et qu'il ne consentît jamais, non plus, malgré mille séductions et mille instances de toutes sortes, à entrer dans aucune des sociétés secrètes qui étaient fort nombreuses à cette époque. Delaunay voulait bien se montrer leur fauteur et leur partisan, mais non leur homme d'action ou leur esclave.

Augustine versait des larmes amères sur son bonheur passé. Ne sachant où trouver la source des chagrins qui venaient l'assaillir si inopinément, elle eût été heureuse de se reconnaître des torts, afin de les corriger, de les expier même, et de reconquérir ainsi l'estime et l'affection de son époux; mais elle avait beau s'examiner en présence de Dieu et de sa conscience, elle ne trouvait rien à se reprocher.

D'un autre côté, il était impossible à ma-

dame Delaunay de concevoir des doutes sur
la fidélité de son mari, malgré ses absences
prolongées aux jours des dimanches et des fêtes, malgré le peu d'argent qu'il rapportait depuis quelque temps de son atelier. Elle était
encore loin de penser que les loisirs et les res-
sources de Delaunay s'absorbaient dans des
œuvres ténébreuses, auxquelles il participait
à son insu, harcelé sans cesse par les exi-
gences passionnées et les sollicitations viles
et mendiantes d'une foule d'hommes, qui lui
représentaient la nécessité urgente de soutenir puissamment et d'encourager par des sa-
crifices les projets d'une immense révolution
sociale, d'un avenir plein de liberté, de
gloire et de bonheur pour le pays.

Il ne restait plus à madame Delaunay que
deux moyens de conjurer le mal dont elle
ignorait la cause, interroger son mari ou
souffrir en silence. Le premier moyen qu'elle
employa par trois fois, avec les paroles les

plus douces et les plus engageantes, n'ayant réussi qu'à lui attirer des réponses dures et cruelles pour un cœur aussi sensible que le sien, elle se contenta du second : unique ressource des âmes que la Providence éprouve.

Augustine ne sut donc plus désormais que prier Dieu pour son mari, souffrir et pleurer.... et cependant toujours aimer.

CHAPITRE II.

Les voisins.

———

Il était bien difficile que ces tristes choses de l'intérieur des époux Delaunay, malgré le soin que mettaient l'un et l'autre, pour des raisons différentes, à les dérober aux yeux du public, ne vinssent pas tôt ou tard à transpirer au dehors.

La première personne qui s'en aperçut, ne fut ni M. Valdoux, ni sa femme, qui ne voyaient leurs locataires que lorsque ceux-ci venaient payer leurs termes, mais bien ma-

3

dame Brosset, la concierge-boutiquière du
rez-de-chaussée. Possédant au suprême degré
cet esprit d'inquisition, cette clairvoyance
perfide et ce flair malicieux auxquels rien
n'échappe, comment n'aurait-elle pas bientôt découvert un aliment nouveau et d'un
si haut goût pour son besoin impérieux et
son envie toujours renaissante de juger, cri-
tiquer, médire, calomnier et mordre à belles
dents?

D'ailleurs, ne fallait-il pas que tout le
monde, bon gré mal gré, passât par sa langue? Ainsi, selon ses affirmations procla-
mées à son de trompe dans sa boutique,
« *M. Valdoux,* » son propriétaire, notre chaudronnier retiré, « *n'était qu'un intrigant et un*
« *parvenu.* » Le bon Alsacien, homme doux,
poli, serviable, religieux, *sage comme une demoiselle,* d'après l'opinion générale du Faubourg, et qui lui avait prêté plusieurs fois de
l'argent sans intérêt, « *n'était au fond qu'un*

« *hypocrite, un faux dévot, un homme peu*
« *rangé, un usurier prêteur à la petite se-*
« *maine.* »

Delaunay, avec son visage tourmenté,
Augustine, avec son air triste et abattu, ne
pouvaient donc se dissimuler aux regards
investigateurs de madame Brosset. — « Eh
« bien ! » disait-elle à toute heure à son
mari et à ses pratiques ordinaires, « ça ne
« va plus bien là-haut, au deuxième; il y a
« de la bisbille dans le ménage. C'est clair
« ça. Aussi, je me doutais bien qu'un de ces
« quatre matins ça finirait mal. Cette pim-
« bêche, la madame Delaunay, qui est richis-
« sime, ça n'a-t-il pas fait un mariage d'in-
« clination, malgré père, frère, sœur et
« parents?.... Ce n'est pas comme ça que
« j'ai fait, moi ; mon mariage a été un ma-
« riage de raison, pas vrai, Brosset?..... Et
« maintenant voilà ce qui lui en retourne
« à cette madame qui a voulu faire des

« siennes !.... Quand on pense qu'avec tout
« son argent et ses parents qui sont dans le
« grand monde, elle aurait pu prétendre à la
« main d'un général, d'un notaire, d'un épi-
« cier en gros, d'un homme en place enfin !
« elle a préféré.... quoi ? un méchant ouvrier
« qui n'a pas le sou, un homme *toqué* qui,
« j'en suis sûre, boit et mange tout et va un
« de ces jours la mettre sur la paille.... Au
« reste, elle n'a que ce qu'elle mérite..... On
« ne les voit plus, depuis je ne sais combien
« de temps, sortir de chez eux, les dimanches
« et fêtes, habillés comme des millionnaires
« avec leur demoiselle parée comme une
« châsse. La madame ressemble maintenant
« à un *ecce homo* et son homme m'a l'air
« d'un sauvage. M'en fait-il une *de* peur, cet
« individu-là, quand je lui tire le cordon à
« *des* minuit passé !...... D'où ça vient-il à
« cette heure-là ?.... » Puis elle ajoutait, en
simulant une petite moue innocente et com-

patissante : « Je n'ai rien entendu, c'est vrai ;
« mais je parie que ce vilain ostrogot-là,
« quand il rentre le soir, les bat comme plâ-
« tre la mère et la fille.... Les pauvres créa-
« tures ! »

La boutiquière ne s'en tenait pas là. Ja-
louse de la modeste position personnelle de
madame Delaunay, de sa distinction, de son
éducation et surtout de son titre de mère, titre refusé à madame Brosset, elle épiait toutes
les occasions possibles de la mortifier sour-
noisement. « Ah ! vous voilà, » lui disait-elle
d'un air moitié moqueur, moitié patelin,
lorsque celle-ci venait faire quelques emplet-
tes dans sa boutique, « vous voilà, ma belle
« dame ; il y a des mois et des mois que je
« n'ai eu le bonheur de vous voir ! Qu'est-ce
« que vous désirez, mon ange ? Tout notre
« magasin est à votre service, mon trésor....
« Tiens, tiens, mais on dirait, à vous regar-
« der entre les deux yeux, que vous avez

« pleuré.... Allons donc! vous êtes trop heu-
« reuse; vous avez la perle des hommes.
« C'est celui-là qui a l'air bon! Il n'est pas
« comme le mien, un butor qui me cherche
« dispute au jour la journée.... Voyez-vous!
« vous êtes tous deux comme deux petits
« tourtereaux. J'envie votre chance, ma
« chère dame. »

Ces paroles méchantes entraient comme
un dard envenimé dans le cœur d'Augustine.

Une fois entre autres, c'était un dimanche, comme madame Delaunay et sa fille,
toutes deux munies de leurs livres de messe,
passaient devant la boutique en revenant de
Sainte-Marguerite, leur paroisse, madame
Brosset les arrêta. Prenant à part madame
Delaunay, mais lui parlant assez haut pour
que Blanche l'entendît, elle lui dit d'un air
mystérieux et avec un son de voix affecté :
« Ma chère dame, vous savez combien je

« vous respecte et vous suis dévouée de
« cœur et d'âme; mais ma conscience
« m'oblige à vous communiquer un avis tout
« à fait secret, qui n'est que pour vous seule,
« vous si bonne *religionnaire* et une per-
« sonne comme il faut : c'est que, entre nous,
« vous feriez bien de veiller un peu plus sur
« votre mari,... un excellent mari, du reste!
« Mais, voyez-vous, il rentre trop tard, pres-
« que tous les soirs, et souvent en compa-
« gnie d'hommes à grandes moustaches, qui
« avec leur air *rébarbaratif* me font une
« peur que je n'en ferme pas l'œil de toute la
« nuit. Si cela continue, ma bonne dame, je
« me verrai forcée par mon devoir de m'en
« plaindre à M. Valdoux, notre vertueux pro-
« priétaire, le meilleur des hommes, qui m'a
« chargée de sa maison et me répète sans
« cesse : *Madame Brosset, vous en répondez*
« *sur votre tête et sur celle de votre époux.*
« S'il venait à apprendre un seul mot de ça

« par quelqu'un, comme qui dirait par l'Al-
« sacien, un homme réglé comme un papier
« de musique, et dont il faut par conséquent
« vous défier, ma bonne dame, M. Valdoux,
« notre respectable propriétaire, pourrait
« bien avertir le commissaire de police, qui
« n'y va pas de main-morte dans notre quar-
« tier.... Pour moi, je n'ai encore rien arti-
« culé, mais il faut absolument que ça finisse ;
« autrement.... Pardon, ma belle dame ; mais
« je vous aime tant que je me regarderais
« comme la dernière des dernières, si je ne
« vous prévenais d'avance.... D'ailleurs, vous
« savez, les hommes ! comme ça se dérange
« facilement ! Oh ! les hommes ! les hom-
« mes !.... Heureusement que je ne cesse
« de guetter un seul instant le mien du
« coin de l'œil !.... Excusez, madame, si je
« vous ai arrêtée un petit moment, mais
« je tenais absolument à vous ouvrir mon
« cœur. »

Et lorsqu'elle vit les traits de madame Delaunay changer tout à coup, sa bouche rester muette de douleur et d'indignation, et
des larmes venir à l'instant dans ses yeux et
dans ceux de Blanche, elle rentra aussitôt
chez elle d'un air triomphant, et se mit à
crier à tue-tête : « Dis donc, Brosset, je viens
« de la remettre joliment à sa place, la ma-
« dame du deuxième. »

Depuis ce jour, madame Delaunay s'abs-
tint de retourner dans la boutique de la concierge et de lui parler.

Le bon Alsacien avait bien, il est vrai, remarqué, de son côté, le changement si brusque de la conduite de Delaunay envers sa
femme; mais qu'il était loin de partager les
dispositions indignes que lui prêtait si gra-
tuitement la boutiquière ! Quoique ses visites
chez les Delaunay ne fussent pas par trop
fréquentes, car à une amitié vraie il joignait
une rare discrétion, il ne lui fallut pas, mal-

3.

heureusement, un temps bien long pour s'a-
percevoir que la concorde intime et la douce
paix ne régnaient plus dans ce ménage, auquel il était sincèrement dévoué. M. Clémann
en ressentait une peine profonde. Mais il y
avait en lui tant de droiture et de simplicité,
tant de loyauté et de délicatesse, que la pensée même ne lui venait pas de chercher
la cause de ce qu'il voyait avec chagrin.
Sans juger ses voisins, sans diminuer le
moins du monde l'estime et l'affection qu'il
ressentait pour chacun d'eux, il essayait
tous les moyens de rapprocher ces deux
êtres naguère si tendrement unis.

Il venait de temps en temps, le soir, chercher son petit Adolphe auquel Blanche mon-
trait à lire et à réciter ses prières. Quand il
était assez heureux pour rencontrer Delaunay, il lui prenait la main, la serrait silen-
cieusement contre son cœur et quelquefois
y laissait tomber une larme, ou bien il tâchait

de l'égayer en lui racontant des histoires de
son pays et de son atelier, ou encore lui pro-
posait une petite partie de cartes en famille,
en s'arrangeant de manière à être presque
toujours le partenaire de Blanche, afin que
Delaunay fût celui de sa femme. Lorsqu'il
réussissait à obtenir ce qu'il désignait tout
bas à madame Delaunay « comme son petit
« manége, » quelques signes d'intelligence
entre lui et Blanche suffisaient pour qu'ils
s'étudiassent tous deux à perdre le plus souvent possible. Alors il disait avec le plus affectueux sourire : « Comment résister à de
« si aimables adversaires ? O mes bons et
« chers amis, il est meilleur de perdre une
« seule fois contre vous deux, que de gagner
« mille fois contre d'autres ! » Puis sa voix
s'altérant peu à peu, il faisait des efforts
inouïs pour contenir son émotion.

D'autres fois, il offrait à la famille une pro-
menade et un dîner à la campagne, « une pe-

« *tile partie carrée à cinq,* » comme il disait
encore, car jamais il ne quittait son petit
garçon. Delaunay ne pouvait pas toujours
refuser, et alors il fallait voir tous les amusements, tous les jeux, toutes les surprises
que le bon Alsacien inventait pour dissiper
l'humeur noire de notre ouvrier et ramener,
autant qu'il était possible, la joie et le bonheur dans cet homme dont l'âme avait été
ulcérée par le contact fatal des doctrines
les plus désolantes.

Mais, ni le dévouement sincère de M. Clémann, ni la douceur inaltérable d'Augustine,
ni les froideurs significatives de son patron
et de son beau-père, auxquels cependant
madame Delaunay s'efforçait de cacher ses
chagrins, n'obtenaient rien sur ce caractère
faussé par les détestables leçons de la défiance et de l'orgueil.

Un seul être au monde avait néanmoins ce
pouvoir; un seul être possédait encore la fa-

culté de dominer les violences de Delaunay, de calmer ses agitations, de rasséréner son âme, de rendre au moins pour quelques instants la paix, la sensibilité et l'affection à ce cœur tourmenté et farouche.

C'était sa fille, c'était Blanche.

CHAPITRE III.

Blanche Delaunay.

Ainsi que nous l'avons dit, les Delaunay auxquels de trois enfants il ne restait plus qu'une fille, avaient reporté sur elle toute leur tendresse : c'était leur trésor, leur bonheur, leur idole.

Lorsque la désunion commença à attrister l'intérieur de la famille, un sentiment unique ne cessa néanmoins de réunir constamment les deux époux : l'amour le plus passionné pour leur fille. Chose étrange ! jamais le

moindre mouvement de jalousie, à l'occasion
de Blanche, compagne habituelle de sa mère,
ne vint agiter Delaunay, ni même effleurer son
cœur ; son cœur était devenu pour lui aussi
bien que pour sa femme un mystère inex-
plicable.

Il fallait à cette nature ardente un aliment
capable de satisfaire son profond besoin
d'aimer ; l'amour paternel s'était donc déve-
loppé en lui avec une intensité extraordinaire
sur les ruines de l'amour conjugal.

Cette tendresse sans bornes, ce dévouement
sans limites, cette consécration perpétuelle
de son père et de sa mère, auraient pu cer-
tainement causer le plus extrême préjudice à
leur fille et gâter en elle le naturel même le
plus heureux en la rendant vaniteuse, hautaine, molle et capricieuse à l'excès, si la
Providence n'eût fait de cette enfant un être
vraiment privilégié.

Dès ses premières années, Blanche éton-

nait autant par ses ravissantes naïvetés que
par ses jugements d'un bon sens exquis.

Elle n'avait encore que quatre ou cinq ans;
le lendemain d'un jour de l'an, où elle avait
récité sans faute à son père les belles prières
Notre Père et *Je vous salue, Marie,* ainsi
qu'un Compliment et une Fable de La Fon-
taine, elle accompagnait à l'église Saint-
Paul sa tante, la sœur de sa mère et en
même temps sa marraine. Pendant que
celle-ci, femme très-pieuse, prolongeait sa
prière, Blanche s'étant elle-même hissée
sur une chaise, s'y tenait à genoux, les
mains jointes, et ne cessait de remuer les
lèvres dans l'attitude la plus recueillie. Sa
tante s'en était aperçue. Elle lui demanda
en sortant : « Blanche, pendant que je suis
« restée si longtemps à l'église, qu'est-ce
« que tu disais donc au bon Dieu ? » —
« Marraine, lui répondit Blanche, en la
« regardant avec le plus grand sérieux,

«j'ai dit d'abord deux fois *Notre Père* et
« *Je vous salue, Marie.* » — « Bien; mais
« après? — Après? j'ai récité mon Compli-
« ment et ma Fable au bon Dieu. »

Prière sublime de simplicité, qui assuré-
ment était montée jusqu'au cœur de Celui
qui a dit dans son Evangile : «*Laissez les
petits enfants venir à moi!*»

Dès qu'elle eut appris, sur les genoux de sa
mère, non-seulement les prières du chré-
tien, mais les premières notions de Dieu
Créateur et Rédempteur des hommes, elle
alla, un soir, se précipiter dans les bras de son
père et lui dire en l'embrassant : « Papa,
« pourquoi donc ne pries-tu pas le bon Dieu
« avec maman et avec ta petite Blanche? Je
« réciterais bien mieux mes prières si tu les
« disais avec nous. Veux-tu, mon bon petit
« père? » Delaunay, serrant sa fille bien-
aimée contre son cœur, la couvrit de ses
baisers, et dès ce jour-là même, malgré les

révoltes de son orgueil, récita la prière du soir avec Augustine et Blanche. Il arrivait souvent qu'à la fin de la prière, Blanche, saisissant l'instant où son père ne s'était pas encore relevé, s'élançait tout à coup vers lui, sautait à son cou et s'écriait en l'embrassant : «Papa, comme tu es gentil! comme « tu pries bien le bon Dieu! Tu dis tes « prières bien mieux que maman et moi. C'est « toi qui es le plus savant! »

– Pourquoi, quelques années plus tard, Delaunay ne voulut-il plus mêler sa voix à ces voix si pures et si aimantes qui s'élevaient jusqu'au ciel et intercédaient pour lui?

– Peu de jours après, Blanche lui dit : «Papa, je sais lire couramment, maman « est contente de moi, » et comme madame Delaunay affirmait les succès de sa fille, celle-ci ajouta : « Je te demande, papa, «deux récompenses : il y en a une pour « plus tard, mais l'autre pour tout de suite;

« me les donneras-tu?» — «Oui, je te le pro-
« mets, ma Blanche, » répondit Delaunay. —
« Eh bien ! la première : c'est que je voudrais,
« quand j'aurai huit ans, aller à l'école
« des bonnes Sœurs que j'ai vues hier à
« l'église. Elles prient si bien le bon Dieu !
« et prennent tant de soin des petites filles ! »
— «Je le veux bien; et la seconde? » — « La
« seconde : c'est que tu mettes dans la grande
« chambre l'image du bon Jésus en croix,
« comme j'en ai vu une belle avant-hier chez
« *bon ami* (c'est ainsi que Blanche appelait
« M. Clémann). Tu le veux bien, n'est-ce
« pas, mon bon petit père? »

Et Delaunay, obéissant à sa fille, ache-
tait sur-le-champ chez un de ses amis
très-habile artiste, un Crucifix parfaitement
sculpté, et le plaçait dès le soir même dans
la chambre à coucher.

Pourquoi, en fixant ses yeux sur ce Dieu qui
pardonne avant d'expirer, ne lui vint-il pas

en pensée, lorsqu'il commença, peu de temps après, à rendre Augustine si malheureuse, d'implorer le pardon de sa vertueuse femme en même temps que celui du Dieu clément et miséricordieux ?

Un jour, passant devant la colonne de Juillet, Blanche demanda à son père quels étaient les noms qui s'y trouvaient gravés. Delaunay se contenta de répondre : « Ce sont les noms « de beaucoup d'hommes que l'on a enterrés « sous la colonne. » — « C'étaient des juifs ? » répliqua Blanche. — « Non, Blanche, c'é- « taient des chrétiens. » — « Eh bien ! pour- « quoi donc n'y a-t-il pas de croix sur la « colonne, comme sur les tombes que tu « m'as menée voir, l'autre jour, au Père-La- « chaise ? Tu m'as dit qu'on mettait des « croix sur les tombes des chrétiens, mais « pas sur celles des juifs parce qu'ils avaient « crucifié le bon Dieu. »

Douée d'un cœur plein de sensibilité,

Blanche ne pouvait, sans être attendrie jusqu'aux larmes, rencontrer des pauvres; elle leur donnait tout l'argent de sa petite bourse. Elle avait remarqué une pauvre petite fille, à peu près de son âge, qui, vêtue d'une robe d'indienne en plein hiver, passait chaque jour, de grand matin, devant la porte de la maison; elle se rendait, toute grelottante, à la salle d'asile avec son petit panier où ne se trouvait qu'un morceau de pain. Blanche s'émut de compassion pour la petite fille. N'osant sortir toute seule pour aller la trouver, elle l'appela par la croisée, sans que sa mère s'en aperçût; et quand elle la vit tout près, elle lui jeta une de ses meilleures robes d'hiver, dans laquelle elle avait enveloppé une petite boîte de chocolat, cadeau du *bon ami* M. Clémann.

Un quart d'heure après, la boutiquière du rez-de-chaussée, témoin du fait et ne voyant là qu'une concurrence, monta fu-

rieuse chez madame Delaunay et lui repro-
cha en termes insolents que sa fille ruinait
son commerce. Madame Delaunay ne lui répondit pas un mot, mais se contenta d'adresser quelques douces réprimandes à Blanche
qui lui répondit : « Maman, tu m'as dit que
« le bon Dieu récompensait les bonnes ac-
« tions et que tu ne voulais pas me voir
« pleurer. Eh bien ! je pleurais toutes les fois
« que je voyais passer devant la maison la
« pauvre petite fille : elle avait bien froid ! Si
« tu savais comme le bon Dieu m'a rendue
« heureuse, quand je l'ai vue m'envoyer un
« gros baiser pour me remercier ! » Madame
Delaunay serra Blanche contre son cœur.

Lorsque Delaunay, de retour de l'atelier,
apprit ce qui s'était passé, il saisit avec
transport sa fille dans ses bras, se mit à parcourir l'appartement à grands pas, comme
hors de lui-même, sans dire un seul mot, et,
la tenant toujours étroitement embrassée, se

laissa tomber sur une chaise. Il était tout
pâle d'émotion.

Que se passait-il donc en lui?

Le lendemain, Delaunay donna en cadeau
à Blanche une petite tourterelle qui devint
bientôt sa compagne inséparable. Seule dis-
traction, seul amusement de la jeune fille et
symbole de sa douceur et de son innocence,
on la voyait voltiger presque toute la journée
sur l'épaule de Blanche, becquetant ses longs
cheveux, la caressant des ailes, dormant la
nuit sur son oreiller, et le matin, épiant le
réveil de sa jeune maîtresse pour la saluer
de son chant doux et plaintif.

Malgré le désir ardent, exprimé plusieurs
fois par Blanche d'être admise à l'école
des Sœurs de Saint-Vincent-de-Paul, ses
parents retardèrent le moment de son
entrée dans leurs classes jusqu'à sa dixième
année, époque de sa préparation plus im-
médiate à la grande action de sa première

Communion. Sa mère, qui avait reçu une instruction complète, était naturellement la véritable institutrice de sa fille. Elle ne devait donc passer, suivant des conditions particulières, que trois heures par jour chez les bonnes Sœurs, qui se chargèrent de la conduire avec leurs élèves au Catéchisme de la Paroisse.

Blanche était déjà d'une admirable beauté. Ses traits d'une parfaite régularité et d'une exquise délicatesse, ses grands yeux bleus resplendissants d'un éclat doux et profond, son front d'une pureté ravissante et encadré d'une riche chevelure blonde, son teint d'une blancheur vive et transparente la rendaient comparable à ces Vierges célestes qu'inventa le divin pinceau de Raphaël. Dans sa pose, dans ses manières, dans ses gestes, dans le son de sa voix, on remarquait quelque chose de si naturel et de si distingué, tant de simplicité, de modestie et de noblesse,

que volontiers l'eût-on prise pour la fille d'un
prince, ou plutôt pour un ange du ciel descendu sur la terre. Aussi, dans la famille de
sa mère, dans l'école des Sœurs, dans tout le
quartier, à l'église même, pour exprimer le
sentiment que sa vue seule inspirait, ne lui
avait-on donné d'autre nom que celui de *La
Rose Blanche du bon Dieu*.

A ses dons extérieurs Blanche joignait les
qualités morales les plus précieuses : un
cœur surabondant d'affection, de reconnaissance et de dévouement, une intelligence
active et pénétrante, un caractère d'une douceur et d'une égalité parfaites, et cependant
déjà sérieux, ferme et solide. Sa piété pleine
d'ingénuité, de raison et d'ardeur en faisait
véritablement une créature à part.

C'est vers cette même époque que Delaunay, surexcité par le venin mortel des mauvaises doctrines, apportait plus fréquemment
que jamais la désolation au foyer de la fa-

mille. Lorsque Blanche le voyait rentrer à la maison avec un air soucieux et morose, devant lequel Augustine craintive et tristement résignée ne savait que se taire, baisser les yeux ou les élever pieusement vers le ciel, Blanche disait à son père, en courant au-devant de lui : « Qu'est-ce que tu as donc encore « aujourd'hui, mon petit papa ? Pourquoi te « fais-tu de la peine, ainsi qu'à maman et à « moi? Nous t'attendions avec impatience ; « nous t'aimons tant ! Vois, comme nous « avons tout préparé pour te bien recevoir. « Voilà un bon feu pour te réchauffer, ton « grand fauteuil au coin de la cheminée pour « te reposer, notre dîner tout prêt, maman « et ta petite Blanche près de toi pour t'em- « brasser toutes les deux. » Delaunay ne pouvait tenir contre de si douces paroles ; ses traits contractés changeaient peu à peu et il souriait à sa fille.

Tantôt, pour dissiper son humeur noire et

taciturne, Blanche lui redisait, avec un entrain
et une grâce irrésistibles, des histoires qu'on
avait racontées dans la classe des Sœurs ou
au Catéchisme; tantôt, elle inventait quelque
amusement nouveau et par mille gentillesses
charmantes le forçait à y prendre part. D'autres fois, elle allait elle-même chercher *bon
ami* M. Clémann et son petit garçon, et or-
ganisait une grande partie de *loto* ou de *trente-
un*. Elle y mêlait des réflexions tellement
naïves et enjouées, que Delaunay ne pouvait
s'empêcher de montrer pendant quelques
instants, malheureusement trop fugitifs! un
air de gaîté à ses voisins et même à sa femme
ordinairement si attristée.

Cependant toutes ces inventions de l'amour
filial ne réussissaient pas toujours à détour-
ner loin d'Augustine les duretés que Delaunay lui faisait éprouver en secret. Aussi
Blanche, comprenant les chagrins de sa
mère, redoublait-elle, pour la consoler,

d'affection, de dévouement et d'amour. « Ma chère petite maman, » lui disait-elle lorsqu'elle la voyait pleurer, en l'absence de Delaunay, « ne t'afflige donc pas « ainsi. Voilà ta petite Blanche près de toi ; « elle ne te quitte jamais ; elle t'aimera tou- « jours. — Papa est bon dans le fond du « cœur.... Mon Dieu ! ce sont peut-être des « méchants qui l'ont changé !.... Mais un jour « viendra où il t'aimera comme autrefois, où « il te demandera même pardon des chagrins « qu'il te donne.... Voyons, ma bonne petite « maman, mettons-nous à genoux, prions le « bon Dieu pour papa.... et pour toi. » Et elles confondaient toutes deux leurs larmes et leurs prières.

Par la seule pénétration de son esprit et sans avoir jamais adressé sur ce triste sujet aucune question à sa mère, Blanche avait donc, sinon entièrement découvert, du moins deviné en partie la cause du mal, alors qu'elle

4.

disait avec tant de simplicité : «*Ce sont peut-*
« *être des méchants qui l'ont changé.* » Une
prescience surnaturelle ne lui inspirait-elle
pas aussi ces autres paroles : « *Un jour vien-*
« *dra où il te demandera pardon ?* »

Notre ébéniste, auquel l'école du mépris
avait enseigné à ne respecter personne, re-
doutait néanmoins la présence de sa fille.
Aussi n'avait-il jamais osé, jusque-là, pronon-
cer devant elle aucune de ces paroles dont il
affligeait en particulier le cœur, les vertus et
la piété de sa femme. Un soir, pourtant, revenu chez lui plus tard que de coutume,
soudainement et avant même de recevoir les
caresses empressées de sa fille, qui à ce
moment récitait sa prière avec sa mère, il se
prit à les railler de leurs pratiques religieuses, à traiter la prière de superstition, la
patience de bassesse, la vertu de chimère, à
se répandre en paroles amères contre la Providence qui se jouait des hommes, contre

son état d'ouvrier qu'il traitait d'esclavage,
contre les riches qu'il nommait les ennemis
du peuple, contre la société tout entière
sur laquelle il appelait la malédiction et la
ruine. Fanatisé, sans doute, par ce qu'il venait de lire ou d'entendre, Delaunay ne se
possédait plus..... il était comme aveuglé.....
il ne voyait plus sa fille.....

Augustine, accoutumée à ces scènes indignes, se mit à trembler de tous ses membres, en se tenant toujours agenouillée ;
mais Blanche se lève, fixe sur son père
des yeux pleins de tendresse et de désespoir, le saisit par le bras, l'amène devant
le Christ suspendu au-dessus de son lit, et
le lui montrant : « Mon père, s'écrie-t-elle,
« mon père, que viens-tu de dire ? Est-ce
« que ta raison s'égare ?.... Tiens, regarde le
« bon Dieu sur sa croix ; il va te pardonner....
« Mon Dieu ! mon Dieu ! sauvez mon père ! »
Puis, succombant sous le poids de son émo-

tion et de sa douleur, Blanche fit entendre
des sanglots étouffés. Delaunay, troublé, in-
terdit, plein de confusion, en lutte avec lui-
même, balbutia des paroles incohérentes à sa
fille qu'il essaya en vain de consoler pendant
plusieurs heures de la nuit.

Le lendemain, il n'osait pas la regarder; il
rougissait en sa présence.

L'intervention de Blanche entre son père,
dont le moral se corrompait de plus en plus,
et sa mère, qui n'opposait à de si cruelles
insultes que sa douceur et sa longanimité,
prenait même quelquefois un caractère plein
de force et d'énergie, bien au-dessus de son
âge; c'était lorsque Delaunay, ne sachant à
qui s'en prendre, déversait tout ce qu'il y
avait en lui d'amertume sur Augustine qui
ne savait répondre que par des pleurs. Blanche ne pleurait pas, elle; mais sa figure si
calme et si gracieuse s'animait tout à coup;
un feu extraordinaire s'allumait dans ses

yeux ; cette jeune enfant devenait imposante.
« Mon Père, » lui disait-elle d'une voix pénétrante, « tu outrages Dieu, ma mère et ta
« fille. Tu nous feras mourir de chagrin.....
« Prends garde ! si tu ne changes, Dieu te pu-
« nira !... » Et aussitôt cet homme fier, hau-
tain, dédaigneux, baissait les yeux et se
condamnait au silence.

Il n'y avait donc plus que des cœurs dé-
solés dans cette famille, où se trouvaient
pourtant réunis tous les éléments du vrai
bonheur.

Cependant, il y eut une époque où Delaunay sembla modifier ses idées habituelles et
sa déplorable conduite envers sa femme : ce
fut celle de la première Communion de sa
fille.

La piété angélique de Blanche ravissait
d'admiration les Ecclésiastiques de Sainte-
Marguerite et les bonnes Sœurs qui l'avaient
préparée à ce grand acte de la vie chré-

tienne. La veille du jour fortuné où ses plus
ardents désirs allaient être enfin comblés,
Blanche, selon le conseil de ses catéchistes,
se mit à genoux, vers le soir, aux pieds de
son père et de sa mère, et en implorant
d'eux le pardon pour les chagrins dont elle
aurait pu les affliger, demanda leur bénédiction. Delaunay ne put résister à l'attendris-
sement qu'une scène, aussi nouvelle pour
lui, excita au fond de son âme. Sa fille si
vertueuse implorer son pardon ! sa fille si
pieuse lui demander, à lui, sa bénédiction !
Une larme brûlante jaillit de ses yeux, et il
confondait dans ses embrassements la fille
et la mère. Ils pleurèrent ainsi longtemps
tous les trois sans se dire une seule parole.

La cérémonie si touchante de la première
Communion de sa fille causa une impression
profonde sur cet homme qui depuis longtemps s'était séparé de Dieu. Son être tout
entier était profondément remué, surtout

lorsqu'au retour de l'église Blanche dit à ses parents : « Mon bon père, ma bonne mère, « vous savez combien je vous aime !.... Eh « bien ! aujourd'hui je voudrais mourir ! »

Pendant plus d'une année entière, Delaunay se montra moins inquiet, moins fantasque, moins emporté. La vue de Blanche, qui croissait chaque jour en beauté et en raison, exerçait alors sur lui un empire absolu.

L'intérieur de la famille lui plaisait davantage ; il avait même repris l'habitude, interrompue depuis les dernières années, de faire la prière du soir avec sa femme et sa fille. Nulle parole affligeante pour leur piété si douce et si aimable ne sortait de sa bouche.

Son affection pour Augustine semblait même revivre ; du moins il se gardait de lui causer aucune peine grave. Celle-ci, de son côté, reprenait force, jeunesse, courage, santé. A la manière simple et joyeuse dont elle assurait alors à ses parents et à ses amis que

Delaunay la rendait heureuse, on la croyait davantage. Pénétrée de reconnaissance envers Dieu, qui la consolait après tant d'épreuves, elle ne passait point un seul jour sans le remercier du changement heureux opéré en son mari par la piété et les vertus de sa fille.

Madame Delaunay avait donc tout droit d'attendre avec confiance que rien ne viendrait désormais troubler son bonheur, lorsqu'un événement, qui ébranla le monde entier, vint tout à coup ruiner toutes ses espérances et la replonger dans des douleurs plus amères encore et plus cruelles.

CHAPITRE IV.

24 Février.

Paris s'était endormi assez tranquille le 23 Février 1848, sous une Monarchie ; il se réveilla en sursaut le 24, au bruit de quelques coups de fusils, sous une République.

On ne s'y attendait pas du tout.

Les peintres de lettres, qui en général n'ont pas beaucoup d'ouvrage pendant l'hiver, et les épiciers, qui, au contraire, à cette époque de l'année débitent énormément, étaient enchantés : le gouvernement nouveau venait de charger les uns de tracer au plus vite, en gros caractères, au frontispice des édifices,

5

religieux, civils et militaires et même sur
les portes des prisons : *Liberté, Égalité, Fraternité ;* les autres faisaient un commerce
considérable de lampions à toutes les péri-
péties de la première enfance de la toute
jeune République et, surtout, à chaque bénédiction des arbres de la liberté qu'on
plantait en son honneur pour assurer son
existence.

Aussi les peintres, qui ont de l'esprit, et les
épiciers, qui en revendent, ne cessaient de
répéter :

« Voilà l'ère de bonheur qui commence !
voilà l'industrie française et les arts qui
vont prospérer ! »

Mais notre intention n'étant pas de parcourir ni de juger les horizons récents, non
plus que les phases diverses de la République, nous nous bornerons à raconter simplement les seuls faits auxquels se trouve né-
cessairement liée la suite de notre histoire.

Revenons aux habitants de notre maison.

Et d'abord, quelles étaient leurs différentes manières de penser et leurs allures respectives sous le nouvel ordre de choses? Les opinions de chacun d'eux se trouvaient divergentes et même assez tranchées.

Notre bon Alsacien, le facteur de pianos, voyait tous les événements de ce monde en philosophe.

Il remarquait donc dans les circonstances du 24 Février « l'ouvrage d'une Providence, « qui, disait-il, se manifeste quelquefois « ici-bas avec une évidence qui frappe tous « les yeux. »

Son patron avouait aussi qu'on ne pouvait dans tout ce qui venait de se passer méconnaître le doigt de Dieu. « Lé toigt té Tieu? » répliqua aussitôt avec vivacité l'Alsacien, dont nous reproduisons seulement ici en passant le français indigène, «lé toigt té Tieu ? « Il y a, monsir, pien blus ici qué lé toigt té

« Tieu ; il y a les guàdres toigts tu pon Tieu
« et le bouce. »

Du reste, M. Clémann continuait, comme
si de rien n'était, sa vie rangée, paisible et
charitable, disant à qui voulait l'entendre :
« qu'il respectait toutes les opinions pourvu
« qu'elles fussent consciencieuses et hon-
« nêtes, et que, d'ailleurs, peu lui importait
« la forme du gouvernement, pourvu que
« le gouvernement établi fût raisonnable,
« juste, bon et ferme tout à la fois. »

Quant aux époux Valdoux, nos propriétai-
res, ils étaient réellement consternés. M. Valdoux regrettait sincèrement le gouvernement
déchu ; il aimait tant la tranquillité et le *statu
quo* quand même ! En qualité de *satisfait*,
notre ancien chaudronnier prétendait : « que
« le roi citoyen, bon propriétaire, bon époux,
« bon père de famille, en un mot, *le roi
« de son choix*, faisait parfaitement *notre af-
« faire.* »

Mais le reste de l'histoire n'avait pas marché pour M. Valdoux qui, ne lisant jamais de journaux, se contentait, pour se mettre au courant des affaires publiques de son époque, d'acheter régulièrement chaque année le Double Almanach Liégeois de Mathieu Lansberg augmenté des prédictions de Nostradamus.

Les époux Valdoux tremblaient en pensant à l'avenir. Néanmoins, s'apercevant à la longue qu'on ne leur voulait pas de mal, que leurs locataires continuaient à payer leurs termes exactement comme par le passé et sans même demander une diminution, excepté le ménage Brosset qui obtint facilement une réduction assez minime, ils finirent par s'accoutumer peu à peu à la République.

Ils ne changèrent donc rien à leurs anciennes habitudes, sortant peu, se couchant tôt, se levant tard, vivant de régime et ne rece-

vant jamais personne. Seulement, par simple mesure de précaution et sans en rien dire
à personne, M. Valdoux, pensant qu'il demeurait, comme un grand seigneur, au premier étage de sa maison, mit un cadenas à
chacune de ses croisées et deux serrures de
plus à sa porte.

Les habitants de la boutique n'étaient pas
non plus tranquilles.

Ils se regardaient comme les gens les plus
exposés de la maison. Pendant les premiers
mois de la République, ils frissonnaient de
tous leurs membres au premier son discor-
dant des orgues de Barbarie jouant la *Mar-
seillaise*. Lorsque deux ou trois hommes,
passablement avinés et se tenant fortement
par le bras pour ne pas battre les murailles,
se mettaient à chanter à pleins poumons :
*Mourir pour la Patrie, c'est le sort le plus
beau ! le plus digne d'envie !* les Brosset épou-
vantés ramassaient à la hâte leur étalage,

fermaient, sans bruit, les contrevents de la boutique et leur porte à double tour.

Mais enfin ils s'habituèrent, eux aussi, à toutes ces choses.

Voyant que, malgré une infinité de démonstrations chantantes ou autres, on ne faisait guère attention à eux, que personne ne leur avait pris le plus petit morceau de jus de réglisse ni la moindre sangsue, ils se tranquillisèrent et continuèrent aussi bien que possible leur commerce qui, vu les circonstances d'alors, se trouvait un peu en souffrance.

M. Brosset était toujours l'homme silencieux, affairé. Pour madame Brosset, elle commença peu à peu à reprendre chaque jour son ancien aplomb et sa licence d'autrefois ; elle se prit même à s'émanciper sans trop de crainte sur le compte de la République : « Est-ce que les affaires peuvent mar- « cher sous un gouvernement qui vise à

« l'économie? » disait-elle chaque jour à ses
pratiques. « Nous qui vendons ici une quan-
« tité d'objets de luxe, nous allons bientôt
« être ruinés comme tant d'autres. Personne
« n'achèterait seulement un simple bonnet
« de tulle... Et puis on ne renouvelle plus son
« ménage. Tout chacun casse et brise ses
« ustensiles comme à l'ordinaire, mais on ne
« fait plus rien raccommoder. On regarde
« même à dix sous pour se droguer ou se
« faire poser des sangsues.... Où allons-nous?
« mon Dieu ! »

Il fallait surtout l'entendre gloser sur l'im-
pôt des *quarante-cinq centimes*. Elle s'élevait
quelquefois alors à une éloquence rare. Elle
prétendait même sérieusement que la République avait l'intention d'employer le produit de ces *quarante-cinq centimes* à acheter
tous les fonds de boutiques de détails, comme
le sien, afin d'établir au fort de Vincennes et
au palais des Tuileries deux grandes épice-

ries générales pour la nation.... Une opinion
aussi dangereuse opéra une véritable révolution dans l'intérieur du ménage. M. Brosset
osa pour la première fois donner un avis
à sa femme. Il lui fit donc observer, avec
mille précautions de langage, que ses paroles
pouvaient les compromettre tous deux d'une
manière excessivement grave. Madame Brosset fut généreuse : elle pardonna à son mari
la liberté qu'il venait de prendre, à cause de
sa bonne intention, et bien plus, s'imposa
un silence absolu sur les *quarante-cinq centimes*, ainsi que sur les projets d'accapare-
ment en question.

Mais, comme il fallait absolument que sa
langue marchât, elle se dédommagea ample-
ment de la réserve qu'elle crut devoir s'imposer sur les affaires et sur les hommes publics,
en drapant de la plus belle façon les particu-
liers et entre autres ceux dont elle était la
concierge.

5.

Aux républicains de la veille elle disait :
« Le propriétaire de notre maison est un
« aristo, un réac, un carliste, un philippiste
« déclaré, sa femme est parente de la nour-
« rice d'un des piqueurs du duc d'Angou-
« lême,... il faut s'en défier. » Aux républicains du lendemain elle affirmait, en excla-
mant ses grands dieux : « Nous avons ici,
« au deuxième, un démoc-soc, un Robes-
« pierre; la tante de la grand'mère de son
« épouse a été dans les temps une vraie tri-
« coteuse du *faubourg Antoine*..... Quelle
« horreur de femme ! Aussi je ne lui parle
« plus ; rien que de la voir, ça me fait froid
« des pieds à la tête. » — Aux gens dont l'habitude est de déblatérer contre les prêtres et
qui soutenaient que c'étaient eux qui em-
pêchaient les arbres de la liberté de pousser,
au moyen de leur eau bénite, elle ne man-
quait pas de répondre : « Nous n'avons pas
« de ces gens-là ici, Dieu merci ! mais en re-

« vanche, nous avons un de leurs amis, au
« troisième, une espèce d'Allemand-Français,
« nommé Clémann ; c'est un cafard, un tar-
« tufe, un cagot.... un homme bien dange-
« reux ! »

Personne ne trouvait grâce devant madame
Brosset.

Il lui arriva, cependant, ce qui advient presque toujours aux mauvaises langues ; elle ne
gagna d'autre avantage à cet odieux manége
que celui de s'aliéner tout le monde, d'éloi-
gner peu à peu chacune de ses pratiques et
de s'attirer sur les bras de très-fâcheuses
affaires, comme on le verra dans la suite.

Mais nous avons hâte de revenir aux Delaunay.

A la première nouvelle de la révolution de
Février, madame Delaunay fut frappée
comme par un coup de foudre ; non pas
qu'elle prît un très-grand intérêt à tel gouvernement ou à tel autre : l'unique champ de

sa politique d'épouse et de mère se bornait à
l'intérieur de sa maison ; mais l'expérience
lui ayant malheureusement révélé les opinions plus qu'avancées de son mari, elle
trembla à la pensée des exagérations déplo-
rables de cette nature sans modération et
sans frein, que les circonstances nouvelles
entraîneraient peut-être jusqu'à l'excès.

Elle ne pouvait encore prévoir toute l'étendue de son infortune.

L'Ébéniste ressentit une joie fiévreuse dès
que l'on eut acclamé la République. L'exal-
tation de ses idées le rendait presque fou ;
il paraissait, tantôt dans un ravissement dont
l'expression faisait mal, tantôt absorbé par
une admiration sombre et inquiète pour ces
systèmes incohérents, ces utopies excentri-
ques, ces programmes impossibles de réforme
sociale qui bouillonnaient dans tant de têtes.

En le voyant constamment sous l'empire
d'une véritable hallucination, Augustine et

Blanche, qui, aidées de leur simple bon sens,
jugeaient mieux que lui les hommes et les
choses, ne pouvaient s'empêcher de redouter
le moment terrible où Delaunay viendrait à
se désillusionner tout à coup.

Ce moment n'arriva que trop tôt pour un
caractère aussi ardent, dont tous les vœux
aspiraient à voir se réaliser, sans retard, chacun des rêves de son imagination en délire.
Après les premiers mois de son enthousiasme,
une réalité effrayante lui apparut soudain.
Le commerce, l'industrie, les affaires, pour
une cause ou pour une autre, se trouvaient
aux abois.

Vingt-trois de ses camarades d'atelier
étaient remerciés dans l'espace d'une se-
maine; il n'y avait plus de commandes ni
pour l'intérieur ni pour l'exportation. Son
patron n'avait conservé que Delaunay, à
cause de sa qualité d'enfant de la maison,
et trois de ses plus anciens ouvriers en

considération de leur nombreuse famille.

Lorsqu'il crut ses chimères de félicité publique et ses espérances de régénération universelle pour toujours anéanties, Delaunay, dont l'âme tout entière était déjà la proie de ce fanatisme politique qui entraîna tant de nos concitoyens à leur perte, devint plus que jamais irascible et farouche.

S'emportant, sans aucun sujet, contre tout le monde et surtout contre sa femme, il détournait les yeux lorsque sa fille se présentait à lui, ou bien s'il l'embrassait, ce n'était qu'avec une sorte de tendresse fébrile qui effrayait la pauvre enfant. Delaunay en vint au point de déserter presque entièrement la maison, n'y paraissant que pour prendre ses repas à la hâte ou le repos de la nuit souvent interrompu par des discours sans suite, des cris de colère et des imprécations.

Il semblait, dès lors, avoir comme perdu

le sentiment de ses actes. Évidemment, il subissait la pression tyrannique, quoique invisible, de ces hommes hypocrites, perfides adulateurs du peuple pour lequel ils n'ont réellement que du mépris, qui exploitent au profit de leur insatiable ambition ce qu'il y a de plus noble dans les cœurs en les corrompant, ce qu'il y a de plus énergique dans les volontés en les pervertissant, ce qu'il y a de plus élevé dans les âmes en les abaissant au niveau des vils projets de leur égoïsme sauvage.

Cependant, quelques lueurs d'un sens primitivement droit venaient, si non éclairer son esprit, du moins y faire jaillir certains doutes sur la valeur personnelle ou sur la moralité de plusieurs individus qu'il voyait de plus près et pouvait par conséquent étudier davantage.

Les uns lui paraissaient dominés par l'impression du moment, véritables esclaves

d'une imagination aussi incandescente que
déréglée ; les autres, gens de cœur et de
bons désirs, mais abusés par des systèmes
irréalisables dont le beau idéal les avait
fasciné ; d'autres, publiquement tarés, s'é-
rigeant tout à coup en réformateurs de la société pour replâtrer une réputation perdue ;
d'autres enfin couvrant leurs vices par un
vernis de dévouement au pays, audacieux
jusqu'au crime et ne reculant devant aucun
moyen pour arriver à leur but.

Alors flottant, irrésolu, indécis, au milieu
de tous ces caractères sans dignité, sans con-
sistance, sans vertus, de toutes ces théories
sans preuves, sans principes, sans applica-
tion, Delaunay finit par tomber dans une
espèce de marasme effrayant, dans un
morne désespoir.

CHAPITRE V.

Les Clubs.

Pour dissiper les anxiétés qui le tourmentaient, procurer un peu de jour, s'il était possible, à son intelligence obscurcie et aussi un peu de repos à son cerveau malade, Delaunay se prit à fréquenter les clubs, issus de la révolution de Février : clubs de toute opinion, de tout état, de tout âge, de tout sexe, de tout genre.

C'était le vrai moyen d'y voir encore plus trouble, et pour Delaunay, en particulier, d'achever sa ruine morale.

En général, les orateurs des clubs trai-

taient à la fois, comme gens universels, les
sujets les plus variés : légitimisme, orléa-
nisme, bonapartisme, républicanisme, monarchie absolue ou tempérée, démocratie
pure ou représentative, communisme d'une
infinité de façons, socialisme d'une quantité
de formes, droit d'une multitude d'espèces
(il n'était que fort rarement question des
devoirs), mariage, divorce, famille, éducation, propriété, travail, industrie, arts,
sciences, commerce, impôts, la paix, la
guerre, le passé, le présent, l'avenir, tout,
absolument tout, au physique et au moral,
se trouvait donc chaque jour, dans chaque
club et souvent en même temps, à l'ordre
du jour.

Sans contredit la matière était vaste.

Ainsi donc, presque tous les soirs, entre
sept et onze heures, dans n'importe quelle
grande salle : café, restaurant, bastringue,
école, théâtre, à la lumière du gaz ou des

quinquets, voire de simples chandelles des six, entre une grêle assourdissante de coups de sonnette exaspérés, en présence des citoyens et des citoyennes causant, applaudissant, sifflant, criant, parfois écoutant et par suite bâillant, s'étirant, dormant; après force discours plus ou moins français, plus ou moins logiques, plus ou moins compris; examen fait préalablement et consciencieusement des questions les plus hautes de la vie humaine, les jugements se rendaient, séance tenante, les résolutions se formulaient, et à l'instant même, sans désemparer, les plans s'élaboraient : affaire bâclée, terminée, définie en dernier ressort.... jusqu'à la prochaine séance, où le tout était de nouveau remis sur le tapis, de nouveau résolu d'une manière différente, il est vrai, mais également irréfragable.

Un jeune musicien du théâtre de l'Ambigu-Comique, qui assistait pour la première fois à

un club, où l'on avait ainsi décidé les grands
principes des choses, se prit à dire : « En
« voilà du *presto* et du *prestissimo !* Orphée
« qui domptait les rhinocéros et bâtissait des
« villes au moyen de sa flûte traversière, ce
« pauvre Orphée n'est vraiment plus que de
« la Saint-Jean. »

Cependant, il faut convenir qu'au milieu de
ce pêle-mêle de projets, de systèmes, de so-
phismes, d'idées absurdes ou très-mauvaises
il se rencontrait parfois des paroles pleines de sens, des avis et des conseils d'une
raison élevée, des réponses où la sagesse et
l'expérience réduisaient à néant force opinions et utopies subversives de tout ce qu'il
y a de plus nécessaire et de plus fondamen-
tal en ce monde.

Il faut encore le dire : ce fut souvent dans
les clubs des quartiers populeux, par la voix
de simples ouvriers, que se manifestèrent,
avec des accents de la plus intime conviction,

un zèle courageux, une ardeur mâle et noble
pour la défense des vrais principes.

On y faisait même de l'esprit, et du meilleur aloi.

Il y avait surtout deux clubs renommés au
faubourg Saint-Antoine. Dans l'un de ces
clubs, situé près de la barrière du Trône et
dont le nom nous a échappé, on vit, un soir,
dès le commencement de la séance, un individu passablement gourmé monter à la tri-
bune : cheveux crépus et ébouriffants, cou
enfoncé dans un col de chemise roide comme
une plaque de zinc, oreilles larges et rouges,
habit râpé couleur muraille, gilet d'un blanc
douteux et à amples revers, pantalon à la
Cosaque, taille extrêmement serrée par une
ceinture trop visible, ventre déjà gros, mais
plus habilement déguisé, canne à pomme
dorée d'après le procédé Ruolz, gants d'un
jaune ancien.

Se donnant des airs d'homme essoufflé,

inspiré, illuminé, et portant la tête haute :
« Citoyens, s'écrie-t-il, plus de discours; il
« faut enfin des actes. A la manière des Spar-
« tiates, ces fiers républicains de la Grèce,
« nos glorieux modèles, je serai court; et à
« l'imitation de nos pères, de nos sublimes
« devanciers de 93, je vais vous énoncer ma
« proposition *sans phrase et sans sursis*. Elle
« est toute simple; écoutez, frères et amis.

« Si vous voulez véritablement le salut, le
« triomphe de la République, notre mère à
« tous, voici un moyen, le moyen souve-
« rain, le seul incontestable, le seul infailli-
« ble : je demande dès demain trois cents
« têtes, citoyens, et dès demain vous serez
« tous pour jamais heureux, indépendants
« et libres.... Et citoyens.... »

« Je demande la parole, » interrompit
aussitôt avec vivacité un petit homme bossu,
à l'œil vif, à la figure honnête et intelligente.
C'était un ouvrier batteur d'or, connu dans

le quartier. Dès qu'il le vit s'élancer à la tri-
bune, le premier orateur, malgré son envie
de parler encore, s'arrêta tout à coup au milieu du profond silence de l'assemblée,
curieuse d'entendre la réponse à une proposition qui naturellement avait stupéfié tout
le monde.

« Citoyens, » dit d'une voix tranquille et
flûtée le petit bossu, « et citoyennes, car je
« ne veux pas, ainsi que vient de le faire le
« précédent orateur, oublier ici la plus belle
« partie du genre humain (rires universels).
« Le moyen qu'on vient de vous proposer,
« quoiqu'il ne soit pas très-neuf, doit sans
« doute vous paraître très-court; eh bien !
« je le trouve encore trop long. Pour at-
« teindre le but que désire ardemment,
« comme nous, l'honorable préopinant, c'est-
« à-dire, la liberté et le bonheur de tous en
« général et d'un chacun en particulier, moi,
« je ne demande pas, comme lui, trois cents

« têtes : cela nous engagerait à trop de dé-
« tails ; je n'en demande qu'une seule,
« citoyens et citoyennes, et cette tête unique
« qu'il nous faut,.... c'est précisément la
« sienne. »

Il y eut alors un bruit assourdissant d'applaudissements de toutes les mains, de tré-
pignements de tous les pieds. La séance fut
suspendue ; on voulait porter en triomphe
le petit bossu. L'un des assistants, peintre
en bâtiments et qui en outre pratiquait le
calembourg, ajoutait en racontant ce fait :
« que l'homme aux trois cents têtes jugea
« prudent, pour garantir celle qui lui appar-
« tenait, de prendre sans retard ses jambes
« à son cou. »

Mais il se passait dans les clubs des choses beaucoup plus sérieuses.

Delaunay fréquentait habituellement le
club du café des Accacias, le plus rapproché
de sa demeure. Point de cérémonie dans

cette réunion; chacun pouvait y venir tout
simplement dans le costume du travail de la
journée. Permission même était donnée d'y
fumer à son aise, ce dont le président, les
vice-présidents et les secrétaires ne se faisaient pas faute, ayant presque tous la pipe
à la bouche. Du reste, s'il y était permis de
fumer, il ne l'était pas de s'asseoir, attendu
qu'il ne se trouvait de chaises que pour les
membres du bureau. Ce moyen primitif
d'avoir de la place, et partant beaucoup de
monde, convenait d'ailleurs parfaitement
aux assistants qui, courbés tout le jour sur
leurs établis et en outre venant de prendre
leurs repas du soir, trouvaient commode et
même hygiénique de se tenir debout, d'aller,
de venir, de sortir et de rentrer à leur guise.

Malgré cette immense liberté personnelle,
on s'y tenait parfaitement bien; les assistants
se respectaient tout autant qu'aux clubs
Valentino et de l'Assomption.

6

Sans doute, tout ce qui se disait au club des Accacias n'était pas toujours parfaitement vrai, ni toujours parfaitement raisonné, ni même toujours parfaitement moral au triple point de vue de la politique, de la société et de la famille; mais au milieu de cette agitation des esprits, de ces luttes ardentes d'opinions différentes les unes des autres, il arrivait assez souvent, comme nous l'avons déjà dit, que d'excellentes vérités, utiles à tous, se révélaient instantanément et se proclamaient hautement, avec ce parfait bon sens et cette éloquence du cœur qui caractérisent en général les ouvriers de Paris, quand, au lieu de se laisser remorquer par des hommes méprisables, ils ne suivent que les impulsions de leur raison propre et surtout celles de leurs instincts naturellement nobles et généreux.

Un soir, Delaunay, plus agité que de coutume, s'y rendit de bonne heure et prit une

des premières places. L'assistance était nombreuse. Preuve du sérieux qui régnait dans
ce club, on avait fixé précédemment la question à l'ordre du jour : l'*Éducation du peuple*.

Après quelques discours insignifiants, le
président donna la parole à un individu,
étranger au quartier. Il paraissait avoir de
trente à trente-cinq ans. Vêtu d'une énorme
blouse neuve qui le couvrait presque entièrement, il portait de longs cheveux qui lui
couvraient les épaules, une barbe très-
épaisse et de grandes lunettes vertes qui
cachaient presque en totalité sa figure.

Comme en général on n'était pas très-strict
dans les clubs sur les limites d'une question
et qu'à propos d'un sujet on en traitait une
foule d'autres, l'orateur ne se gêna pas beaucoup dans le plan de son discours qu'il créa
aussi ample que possible.

« Citoyens, » commença-t-il d'une voix
emphatique et caverneuse, « la Patrie est

« en danger ! la République est menacée par
« les éternels ennemis de la France ! l'or de
« l'étranger et des partis corrompt, tous les
« jours, la fidélité au drapeau de la liberté !
« Le gouvernement ne nous donne pas ce
« que nous attendions depuis si longtemps ;
« et cependant le partage des biens entre les
« enfants du même pays est la loi de la
« nature, et cette loi, la plus nécessaire, la
« plus sainte de toutes les lois, qu'en fait-on,
« je vous le demande ? » (C'est trop fort !
crient quelques voix.)

« Comment, c'est trop fort ! » reprit l'orateur sur un diapason plus élevé ; « comment,
« c'est trop fort ! Vous voulez donc rester
« toujours misérables à côté des riches et des
« opulents du monde, qui usurpent vos droits
« et votre héritage ! » (Vous faites tomber le
commerce, disent assez haut deux ou trois
des assistants.) — « Que me parlez-vous
« de commerce, citoyens ? le commerce est

« un vol organisé ; il faut l'anéantir. Il ne
« doit y avoir que des échanges parmi des
« frères, et nous sommes tous frères. La fra-
« ternité, voilà le grand symbole de la Répu-
« blique. »

Ici, l'orateur, malgré quelques interrup-
tions de l'auditoire et le fréquent rappel
à la question de la part du président, entre dans l'exposition des doctrines si dé-
cevantes du communisme. Il cite et inter-
prète à sa façon les paroles de l'Évan-
gile, ainsi que le partage de leurs biens
entre les premiers chrétiens. Sa voix devient
insinuante ; il multiplie les images pleines
de séduction d'un bonheur idéal sur la terre,
images si propres à fasciner des imaginations
vives et ardentes ; il parvient à remuer profondément ses auditeurs. Il use alors largement
des formes oratoires, entasse les unes sur
les autres les apostrophes, les exclamations
et même les interpellations à l'assemblée.

6.

— « C'est vrai! c'est vrai! » s'écrie-t-on
d'un côté de la salle. — « C'est faux! c'est
« faux! » réplique-t-on du côté opposé.

— « Silence, silence, » dit alors d'une voix
grave et imposante le président, maître bras-
seur du Faubourg, puis il ajoute : « Je rap-
« pelle de nouveau l'orateur à la question. »
« Je suis dans la question, » reprend celui-
ci avec feu; « Citoyens, la société et la
« carte de l'Europe sont à refaire. » (A la
question, à la question! crie-t-on de toutes
parts.)— « Eh bien! j'y rentre, puisque vous
« le voulez. » (A la bonne heure!) « Il faut,
« citoyens, vous en conviendrez tous, régé-
« nérer le peuple, et le seul moyen d'arriver
« à ce but essentiel auquel nous aspirons
« tous, c'est le mode d'éducation à donner à
« nos enfants. Vous le voyez, je suis dans
« les entrailles de la question. »

Ici, l'orateur qui venait tout à l'heure
d'exalter et de commenter avec une ferveur

de néophyte les paroles de l'Evangile en fa-
veur du système qu'il préconisait, continue
avec un accent furibond : « Citoyens, j'en
« appelle à vos lumières et à votre patrio-
« tisme. Qu'avons-nous besoin de donner
« une éducation jésuitique à nos enfants, et
« de leur apprendre à craindre et à prier
« Dieu qui ne s'occupe pas de nous ? Que lui
« font, à lui, les misères humaines ? Tout
« dépend uniquement de l'homme, de son
« esprit, de son génie, de son audace, de sa
« liberté. Supprimez donc toutes ces écoles de
« Frères et de Sœurs : (Assez, assez, assez !)
« Comment assez ? oui, assez d'ignorance,
« assez de superstition, assez d'abrutisse-
« ment. Émancipez l'enfance et la jeunesse,
« courbées sous le joug de croyances suran-
« nées et fausses. Quand vous n'aurez plus
« pour maîtres de vos enfants que des hom-
« mes affranchis de toute croyance puérile,
« vous et vos enfants serez enfin dignes du

« beau nom de Français; il n'y aura plus
« alors sur le sol de la patrie que des hom-
« mes vraiment libres, vraiment éclairés,
« vraiment dignes de mériter le titre de mem-
« bres de la grande Nation et de la Républi-
« que. »

A la suite de cette harangue, dont l'exagé-
ration dépassait évidemment toutes les bornes et n'avait jamais eu sa pareille au club
des Accacias, il s'éleva au milieu du nombreux auditoire un tumulte effroyable. Quelques assistants avaient applaudi, il est vrai,
à plusieurs endroits du discours de l'orateur,
mais l'assemblée fit entendre contre ses dernières conclusions une clameur universelle.
« C'est un faux républicain ! c'est un conspi-
« rateur déguisé! c'est un ennemi du peu-
« ple ! » — « Vive le socialisme ! vive le com-
« munisme ! à bas les aristos ! » ripostaient
avec violence deux ou trois claqueurs et
compères que le préopinant, pour l'encoura-

ger et le soutenir, avait amenés avec lui.

L'orateur à la grande blouse et aux grandes lunettes profita de ce tapage pour s'esquiver sans que personne s'en aperçût.

Le président, ayant attendu pendant près d'une demi-heure que le calme fût rétabli, demanda s'il se présentait quelqu'un pour répondre.

Aussitôt un ouvrier mécanicien, contre-maître d'une des maisons les plus importantes du faubourg du Temple, prit la parole :

« Citoyens, j'arrive de l'atelier, et par consé-
« quent je n'ai pas l'avantage, comme ce
« monsieur qui vient de parler, de porter une
« blouse neuve sur un habit noir ; mais il y
« a un cœur d'homme sincère et loyal qui
« bat sous ma blouse usée et noircie.

« Et d'abord, sans suivre une à une les
« choses superbes qu'avec une éloquence,
« qui me manque entièrement, vous a débité
« l'honorable orateur, je commencerai avant

« tout par lui demander s'il voudrait bien
« partager ce qu'il a, et il doit avoir certai-
« nement quelque chose, avec un pauvre
« vieux bonhomme que je viens de voir tout
« à l'heure couvert de misérables haillons,
« près de la porte du club, et qui n'ose y en-
« trer, quoique nous ne soyons pas ici des
« muscadins. » (On rit et on cherche vaine-
ment l'interpellé. « Il est parti, il est parti, »
s'écrie-t-on de toutes part.) — « Ce n'est pas
« étonnant, reprend le mécanicien; les lâches
« fuient toujours après leur premier coup de
« langue ou d'épée. Eh bien! citoyens, si
« vous le voulez, nous ferons mieux que ses
« paroles; et quoique je ne sois pas, comme
« lui, de ceux que, dans mon pays, la Picar-
« die, on appelle des *partageux*, je propose
« que chacun de nous, en sortant, donne un
« sou à ce pauvre diable qui se tient à la
« porte, pour qu'il puisse acheter au moins,
« ce n'est pas de luxe, une chemise et une

« blouse. » — « (Bravo ! bravo ! adopté !
« adopté ! » s'écrie l'assemblée comme un
seul homme.)

   « Maintenant, puisque je ne puis m'adres-
« ser à l'orateur lui-même, qui nous a quit-
« tés si brusquement, afin d'aller répéter
« son discours à effet dans un autre club,
« je vous prie, citoyens, de m'entendre un
« instant. Je ne serai pas trop long, car je
« ne sais pas enfiler des phrases, moi, ce
« n'est pas mon état; mais j'aime sincère-
« ment mon pays, et, quoique je sois sur le
« point d'attraper la bonne moitié de la cin-
« quantaine, j'ai conservé encore, grâce à
« Dieu, un peu de bon sens.

   « S'il m'en souvient bien, le préopinant s'est
« écrié, je ne sais pourquoi : *La carte de l'Eu-*
« *rope est à refaire !* Moi, je vous l'avoue, je
« ne suis pas aussi fort que lui en géographie;
« mais, toutefois, je soutiens qu'il faut laisser
« les gens et les peuples tranquilles chez eux

« tant qu'ils nous laissent tranquilles nous-
« mêmes ; qu'ils s'arrangent comme ils vou-
« dront, c'est leur affaire. Vraiment, je trouve
« bien singulière la prétention de ces gens
« qui veulent toujours, comme Don Qui-
« chotte, parcourir le monde pour redresser
« tous les torts et se mêler de ce qui ne les
« regarde pas. Et si j'allais, moi, dans la mai-
« son de cet individu et lui crier aux oreilles :
« Citoyen, votre ménage est à refaire, votre
« femme et vos enfants sont à refaire ; je vous
« demande un peu comment il me recevrait.
« (Rires et applaudissements.) Occupons-
« nous donc des affaires de notre pays ; c'est
« là notre grand intérêt, et ne nous mêlons
« pas tant de celles des autres : *Charité*
« *bien ordonnée commence par soi-même.*

   « Et puis il a dit encore, et c'est là son grand
« cheval de bataille : *La société est à refaire.*
« Ce citoyen-là veut tout refaire, tout rac-
« commoder. Je ne connais pas sa profession,

« mais, à coup sûr, il n'est pas accoutumé à
« travailler dans le neuf. (On rit.) Refaire la
« société ! Est-ce que nos aïeux, qui nous
« ont laissé tant de grandes choses, tant de
« chefs-d'œuvre et aussi tant de gloire pour
« notre pays, étaient des hommes des bois
« et des sauvages ? Est-ce qu'ils n'étaient pas,
« depuis plus de quinze cents ans, en belle
« et bonne société ? Allons donc !

« Au moins, si l'on prétendait qu'il faut
« améliorer la société ; à la bonne heure ! tout
« le monde serait d'accord. Eh ! mon Dieu !
« cela dépend, en grande partie, de chacun de
« nous. Oui, soyons tous plus justes les uns
« envers les autres, soyons plus sages et plus
« modérés dans notre conduite, soyons des
« fils plus respectueux, des époux plus fidè-
« les, des pères plus dévoués, des ouvriers
« plus laborieux, et alors, citoyens, nous au-
« rons amélioré la société ; et si vous tenez
« absolument à votre mot *refaire*, je n'y tiens

7

« pas, moi, eh bien! nous aurons refait la
« société. (Très-bien, très-bien.)

« Ce citoyen prétend qu'il ne devrait plus
« y avoir de commerce, mais seulement des
« échanges. Ce n'est là qu'une dispute de
« mots; car si je change mon habit avec la
« redingote de mon voisin, est-ce que ce
« n'est pas toujours un commerce? Seule-
« ment ce serait un commerce sans argent.
« Eh! vraiment! si l'on vient nous débiter
« souvent de semblables absurdités et nous
« dire que le commerce est un vol, bientôt,
« en effet, le commerce finira par n'avoir
« plus le sou. (C'est vrai! c'est vrai!) »

L'orateur réfute ici la grande raison que,
pour étayer le système du communisme, on
essaie de tirer de l'exemple des premiers
chrétiens. Il montre que le partage de leurs
biens, libre d'ailleurs de leur part et entièrement volontaire, n'était qu'une convention
de charité entre quelques centaines d'hom-

mes et formée entre eux pour un temps, ne
pouvant par conséquent s'appliquer à une
nation tout entière ; que c'était le sacrifice
d'argent, fait par des hommes menant une
vie toute céleste, et s'apprêtant chaque jour
au sacrifice du martyre. Ne tenant pas à
leur vie, comment auraient-ils pu tenir à ce
qu'ils possédaient ? Il ajoute que le Christia-
nisme, se répandant bientôt parmi les peuples, ne s'était jamais proposé de bouleverser
les intérêts des familles et des sociétés,
reconnus depuis l'origine du monde, mais
seulement de délivrer les hommes d'une trop
grande attache aux biens de la terre et de leur
inspirer surtout la charité les uns envers les
autres. (Très-bien !)

« Comment, citoyens, continue-t-il, vou-
« loir un système qui peut séduire l'imagina-
« tion, il est vrai, mais qui réellement est
« impossible ? Quoi ? avec nos passions, notre
« luxe, nos plaisirs, notre ambition, notre

« amour des choses de la vie, vous voulez
« que nous partagions avec le premier venu
« notre bien et celui de nos enfants, le prix
« de notre travail, de nos efforts et de nos
« sueurs? Allons donc! c'est impossible! je
« le répète. » (Une voix se fait entendre :
« Non, ce n'est pas impossible.) »

« Ah! ce n'est pas impossible! » reprend
le mécanicien avec un sang-froid impertur-
bable. « Voyons un peu.

« Imaginons un instant, ce qui du reste ne
« se fera jamais dans notre pays, je vous le
« jure; il a trop de raison et d'esprit pour
« cela; imaginons que l'on vienne à décréter
« le partage des biens. Bon ! on envoie dans
« tous les départements des Commissaires
« pour faire exécuter la loi. Et voilà aussitôt
« que dans toutes les maisons, dans toutes
« les bourgades, dans tous les hameaux,
« dans tous les villages, dans toutes les vil-
« les, chacun sans souffler mot, reçoit par-

« faitement les citoyens Commissaires. Cha-
« cun, à l'instant, ouvre ses livres de comp-
« tes, ses portefeuilles, ses armoires, ses cof-
« fres, sa bourse, et puis, en saluant toujours
« les citoyens Commissaires, sans réclama-
« tion aucune et sans le plus petit coup de
« fusil, chacun donne tout de suite à Pierre, à
« Paul, à Jean, qui, moins heureux, pour une
« raison ou pour une autre, vivaient au jour
« le jour, la moitié, bien comptée, de ses
« meubles, de ses prés, de ses champs, de ses
« rentes, de son argent, de son argenterie, en
« disant, par-dessus le marché, à Pierre, à
« Paul et à Jean : Merci, mon bel ami ! (On
rit aux éclats.)

« Comment, vous ne voyez pas, en pre-
« nant même les choses en douceur, que
« celui-ci, qui a beaucoup, commencera par
« dire qu'il n'a presque rien ? Par quel moyen
« le forcer à découvrir son magot et sa ca-
« chette ? Celui-là, qui a quelques petites

« choses, dira : Je veux bien partager avec
« citoyen tel qui a cinquante mille livres de
« rente, mais non avec citoyen tel qui n'a
« pas le sou.

« Un autre qui sera pauvre comme Job,
« ne se fera pas tirer l'oreille, lui; il voudra
« partager avec tout le monde. (On rit en-
« core plus fort.)

« Et puis, vous le savez, citoyens : il y a de
« par le monde pas mal de mauvais garne-
« ments, vicieux, fainéants, faisant la noce
« plus souvent qu'à leur tour, des pas grand-
« chose; il y a des niais, des propres à rien,
« des maladroits. Quand on aurait partagé
« avec eux des mille et des cents, je ne leur
« donne pas quinze jours pour qu'ils retom-
« bent dans une misère quarante fois pire
« que la première. Ce serait donc toujours à
« recommencer ! (C'est vrai, c'est vrai.) Oh !
« comme alors l'industrie serait prospère !
« comme le commerce, que ce monsieur ne

« veut pas et que nous voulons tous pour
« vivre, irait bien ! Et surtout, comme nous
« serions tranquilles et heureux !.... Folie !
« chimère ! (Non, non. — Oui, oui.)

« Allons, citoyens, soyons donc raisonna-
« bles ! N'allons pas vouloir ce qui sera tou-
« jours impraticable ici-bas. Le mieux d'ail-
« leurs, comme l'on dit, est l'ennemi du
« bien. Soulageons ceux de nos frères qui
« sont dans le besoin, autant que nous le
« pouvons. Riches, faisons de riches présents
« à nos frères peu fortunés; moins riches,
« faisons de modestes épargnes en leur fa-
« veur; pauvres, donnons-leur au moins
« l'obole : voilà le seul partage possible et
« praticable; voilà le seul que commandent
« Dieu, le bon sens, notre cœur et notre
« conscience. Voilà la vraie fraternité, ou je
« ne m'y connais pas ! (Il a raison, il a rai-
« son ! — Il a tort, il a tort !)

« Citoyens, je ne suis pas louis d'or; par

« conséquent, je ne puis pas plaire à tout le
« monde; c'est tout simple..... J'abrége. »

Ici le mécanicien se recueille un instant ;
puis donnant à sa voix une vibration pleine
d'un sentiment profond, il s'écrie : « Com-
« ment l'orateur, qui, pour établir ses uto-
« pies, vous a cité et a interprété à sa guise
« l'Evangile et exalté devant vous en termes
« pompeux les vertus si grandes et si admi-
« rables des premiers serviteurs du Christ,
« a-t-il osé, après cela, couvrir la Religion
« chrétienne, la nôtre, citoyens, de ses im-
« purs blasphèmes? Quoi? il appelle supers-
« tition sotte et puérile la croyance de nos
« pères et de nos mères ! Il se moque de la
« prière, le refuge et la consolation des mal-
« heureux ! Il outrage l'éducation morale
« donnée à nos garçons par des hommes dé-
« voués, et qui ne sont dévoués que parce
« qu'ils sont des Religieux ! Il se moque de
« l'instruction vertueuse donnée à nos filles

« par les Sœurs de Saint-Vincent-de-Paul,
« ces anges de patience, de pureté, de cha-
« rité!.... Misérable! n'insultez pas à nos
« sœurs et à nos filles! (Bravo! bravo!
« bravo!) Pour moi, citoyens, je suis un
« élève des Frères, et je m'en glorifie; ils
« ont enseigné ma première enfance et veillé
« sur moi jusqu'à l'âge où je me suis marié;
« et si j'ai quelque instruction, si par le tra-
« vail, qu'ils m'ont appris à aimer, je suis
« parvenu à la position où je me trouve, c'est
« à eux, à eux seuls que je le dois. Je le dis
« sans honte et sans forfanterie : mes gar-
« çons vont à l'école des Frères, mes filles à
« celle des Sœurs; et quand j'aurais dix
« mille livres de rente, quand je serais un
« Crésus, c'est encore là et seulement là que
« je les placerais encore. (Très-bien! très-
« bien!)

    « Je termine; je vous ai fait ma profession
« de foi, citoyens. Et, cependant, je ne me

7.

« vanterai pas d'être un républicain de la
« veille, de l'avant-veille ou de naissance,
« comme tant d'autres, à qui ça ne coûte pas
« beaucoup, viennent vous le dire. Je suis
« tout simplement, moi, un républicain du
« lendemain, pas autre chose. Mais avant
« tout, je crois être un honnête homme ; et je
« repousse de toute la force de mon âme tous
« ces systèmes et toutes ces doctrines détes-
« tables, véritables ennemis du peuple, véri-
« tables ennemis de la République, capables
« de faire haïr et de renverser la République ;
« et je vous le déclare ici formellement et
« sans peur : le jour où la République, ce que
« je ne croirai jamais, viendrait à fermer les
« écoles tenues par nos bons Frères et par
« nos bonnes Sœurs, pour les confier à des
« gens sans croyance, sans foi et sans reli-
« gion, je verserais des larmes de sang, et la
« République me forcerait à la maudire. »

A la suite de ce discours, l'auditoire tout

entier fit entendre des bravos redoublés.

Le président ayant demandé si un citoyen voulait prendre la parole, et personne ne s'étant présenté, la séance fut levée à l'instant.

Pendant que la foule s'écoulait, pleine d'émotion, murmurant les éloges du dernier discours, et chacun donnant son sou avec le plus bienveillant intérêt au pauvre brave homme signalé par l'orateur mécanicien, des clameurs se firent entendre à la porte du club. Une dispute violente s'était engagée entre plusieurs de ceux qui étaient sortis les premiers. Le tumulte s'augmentait de plus en plus et, sans l'intervention de la garde républicaine, il y aurait eu des rixes sanglantes.

Evidemment, malgré les efforts zélés et consciencieux des meilleurs esprits, une fermentation secrète régnait dans les masses. Affectant de parler au nom du peuple, de prendre en main les intérêts du peuple, des hommes audacieux semaient partout, avec les enseignements les plus dangereux, de perfides excitations à la défiance, à la haine, à la vengeance.

Ces symptômes alarmants n'échappèrent point à Delaunay.

Au lieu de trouver dans les clubs ce qu'il y cherchait pour fixer ses aspirations inquiètes et ses volontés toujours chancelantes, les doutes, les perplexités, la mobilité incessante de ses pensées, de ses jugements, de ses résolutions lui livrèrent plus que jamais de perpétuels et d'impuissants combats. Il était comme abattu par une entière prostration de toutes ses forces morales ; l'avenir s'assombrissait de plus en plus à ses propres yeux ; les fatales journées de Juin se préparaient.

CHAPITRE VI.

Journées de Juin.

———

La patron de Delaunay, M. Delvaux, pressentait depuis plus de quinze jours cette crise effroyable; la situation générale que nous ne voulons ici ni définir, ni encore moins analyser, lui inspirait de secrètes terreurs. Quoique peu expansive, son amitié pour Delaunay, dont il avait remarqué depuis quelques mois les tendances funestes et deviné les agitations sourdes et cachées, lui inspira un dessein digne de son bon cœur.

Il voulait préserver Delaunay et sa famille.

Quatre jours avant les barricades de Juin,
il l'invita à dîner, et sans lui donner ni avis
ni conseils, sans entamer dans la conversation aucune question politique, il le chargea
d'une mission qu'il lui dépeignit comme très-
pressée et de la dernière importance pour la
maison : Delaunay aurait certains intérêts et
affaires graves à régler avec trois corres-
pondants de la province ; le voyage devait
durer sept ou huit jours au moins.

Muni de lettres, de billets à toucher aussi
et d'argent pour la dépense, Delaunay, sans
perdre de temps, prit congé de sa femme
et de sa fille auxquelles il fit connaître le
motif de son départ. Il les quitta d'un air
soucieux. Augustine et Blanche, ne comprenant rien à la précipitation de ce voyage, se
réfugièrent comme de coutume dans la prière
et dans la confiance en Dieu.

Trois jours après le départ de Delaunay, il

se passait des choses étranges dans le faubourg Saint-Antoine. Des hommes, que les gens du quartier n'avaient jamais vus, entraient librement dans tous les cafés, les cabarets, les petits restaurants, les boutiques; ils y conféraient tout bas avec d'autres hommes, dont la plupart étaient également inconnus, puis ils en sortaient tous ensemble avec des papiers, des listes, des plans et semblaient de l'œil et du geste faire l'arpentage des rues du quartier.

On les laissait faire.

Leurs figures étaient pâles, leurs paroles brèves et saccadées.

Le surlendemain, vendredi 23 Juin, dès midi, on pouvait déjà compter quarante-trois et, le samedi soir, jusqu'à soixante-cinq barricades depuis la barrière du Trône jusqu'à la place de la Bastille, où se trouvait une formidable redoute, bâtie selon toutes les règles du génie militaire.

Déjà l'insurrection entourait la moitié de Paris, déjà la guerre civile ensanglantait nos rues.

Le vendredi matin, M. Clémann, dont Delaunay n'avait pas serré la main avant de partir, descendit chez ses voisins avec son petit garçon. Voyant Augustine et Blanche saisies de frayeur, il se mit entièrement à leur disposition, alla lui-même faire les provisions de plusieurs jours pour la famille de son ami et toutes leurs commissions. « Remerciez la Providence, mes enfants, leur « disait-il, Delaunay n'est point dans ce mo- « ment à Paris ; fasse le ciel qu'il n'y re- « vienne que lorsque la paix sera rétablie « entre nos infortunés concitoyens ! »

Cependant les coups de canon et le bruit de la fusillade commençaient à retentir dans toute la ville et dans le Faubourg, et ébranlaient la vieille maison. L'effroi s'emparait de toutes les âmes. La tourterelle de Blanche,

elle-même, toute tremblotante, faisait entendre de petits cris aigus et cachait sa tête
dans la chevelure de sa maîtresse.

Les époux Valdoux étaient réduits à un tel
état de consternation, que, n'osant mettre un
pied dehors, ils seraient morts de faim sans
le bon Alsacien qui eut toutes les peines du
monde à obtenir, le samedi soir, que, pour
recevoir quelques comestibles, ils entr'ou-
vrissent un petit guichet, pratiqué depuis un
mois environ dans leur porte d'entrée et
dont la fermeture se reliait à une énorme
barre de fer.

Pour rassurer les habitants de Paris qui
demeuraient dans les quartiers occupés par
les insurgés, ceux-ci avaient eux-mêmes tracé
à la craie sur les portes et sur les boutiques
ces mots : *Mort aux voleurs.* Malgré ce gage
visible et authentique de sûreté, madame
Brosset, qui regardait, à juste titre, son mari
comme le premier et le plus précieux objet

de sa boutique et qui craignait fort son enlè-
vement par les insurgés, commença, le vendredi, vers onze heures du matin, par le faire
mettre au lit, quoiqu'il se portât à merveille,
et lui poser des sangsues, ce qu'elle fit régulièrement, deux fois par jour, pendant
tout le temps que dura l'occupation du Faubourg.

Mais il fallait veiller au reste du magasin.

La maison se trouvant parquée entre deux
barricades, madame Brosset avait une peur
affreuse qu'on ne vînt piller son établissement et manifestait ses appréhensions à tout
le monde sans exception. Dès qu'il passait
quelques ouvriers armés de fusils ou qu'elle
pouvait rejoindre ceux qui montaient la
garde auprès des barricades, elle allait droit
à eux, se jetait à genoux à leurs pieds et les
conjurait, de faire écrire les mots préserva-
tifs : *Mort aux voleurs,* en caractères beaucoup plus gros et sur chaque volet de sa

boutique. Plusieurs d'entre eux, haussant les
épaules, lui répondirent assez brusquement:
« Eh! laissez-nous donc tranquilles avec vos
« pleurnicheries; nous avons bien d'autres
« chats à fouetter qu'à nous occuper de vos
« vieilles nippes, de vos pots cassés et de vos
« brimborions. C'est d'ailleurs quelque chose
« de propre que votre taudis! Allez! n'ayez
« pas peur. D'abord il n'y a pas de voleurs
« ici; et puis il faudrait vraiment avoir le
« diable au corps pour s'attaquer à vos mé-
« chants biblos; pour moi, je n'en donne-
« rais pas un sou..... »

Madame Brosset n'était pas encore à la fin
de ses tribulations.

Le samedi, 24 Juin, vers midi, on vint
frapper rudement à la porte de l'allée. Notre
concierge, qui entendait le bruit de la fusillade retentissante dans le Faubourg, hésita
quelque temps à ouvrir; mais comme les
coups redoublaient, elle finit enfin, après

avoir pris mille précautions et placé près du
lit de son mari un grand bol de tisane toute
noire, par tirer le cordon et entr'ouvrir un
petit vasistas donnant sur l'escalier. Aussitôt
qu'elle parut, trois grands gaillards, armés
jusqu'aux dents, lui crièrent : « Dites donc,
« citoyenne-portière, il y a, pour l'instant, des
« hommes dans votre maison qui ne vien-
« nent pas nous aider. Ce n'est pas l'embar-
« ras; votre propriétaire est un vieux et de
« plus un capon, nous n'en avons que faire.
« Quant au brave homme d'en haut, qui est
« un peu médecin, il nous sera nécessaire
« pour soigner nos blessés; nous l'avertirons
« quand il en sera temps, et ça ne tardera
« pas, voyez-vous! car ça va diantrement
« chauffer. Mais votre fainéant de mari,
« qu'est-ce qu'il fait donc, ce grand Nico-
« dème? S'il ne vient pas tout de suite avec
« nous, plus tard nous lui ferons son affaire. » — « Mes bons messieurs-citoyens,

« répondit madame Brosset, les larmes aux
« yeux et en joignant les mains, hélas! il est
« bien malade le pauvre cher homme! il est
« dans son lit avec une fièvre terrible, et
« voilà déjà la quatrième fois que je lui pose
« des sangsues..... Ah! s'il se portait bien,
« vous verriez...! »

Le cri : Aux armes! aux armes! se fit entendre à l'instant même dans le Faubourg.
Laissant aussitôt la concierge, qui ferma bien
vite la porte de l'allée et son carreau, les
trois hommes coururent à toutes jambes
vers la grande barricade de la Bastille.
Heureusement pour M. Brosset, les renforts
qui arrivaient sans cesse dans le faubourg
Saint-Antoine, où devait bientôt se concen-
trer l'insurrection, ne firent plus penser à
lui.

Mais son épouse, qui, dans l'intervalle des
poses de sangsues, le noyait d'une tisane
de chicorée sauvage et de racine de pa-

tience, devait boire, elle aussi, une potion bien amère jusqu'à la lie.

Chose singulière, incroyable! On a dit : *Tout se voit en France;* mais principalement, tout se voit à Paris.

Tandis que la guerre civile jonchait de ses victimes nos rues et nos places publiques, tandis que le tocsin faisait entendre sa voix d'alarme, que le canon, la mitraillade, les cris d'appel ou de terreur retentissaient de toutes parts..., des enfants, insouciants et joyeux, s'amusaient comme à l'ordinaire. Armés de bâtons ou de bris de treillage, ils simulaient des attaques, des combats, des fuites, des blessés, des morts : tous se poussant, se culbutant et riant de la même façon que toujours.

Plusieurs de ceux-ci, qui habitaient le voisinage, eurent la malicieuse idée, pour varier leurs plaisirs, de venir tourmenter madame Brosset, dont tout le monde dans le quartier connaissait les méchancetés, les coups de langue, l'égoïsme, les peurs paniques et les sensibleries. Ils se mirent donc à frapper à sa porte, en criant à tue-tête, sur l'air des lampions : *Du réglisse! du réglisse! du réglisse!* Épouvantée de tout ce tapage, madame Brosset se décida à ouvrir pour conjurer le pillage général dont elle croyait sa boutique menacée, et d'une voix douce et caressante : « Mes petits mignons, mes pe- « tits amours, » leur dit-elle, en leur présen- tant quelques morceaux de jus de réglisse, « tenez, tenez, voilà pour vous; mais pas « tant de bruit! n'entrez pas surtout; mon « mari est malade : vous le feriez mourir! « Allons! voyons! soyez bien sages. »

Les gamins répliquèrent tous à l'unisson et à pleins gosiers, encore sur l'air des lam- pions : « *Nous n'en voulons plus! nous n'en* « *voulons plus! nous n'en voulons plus!* »

Pour le coup, madame Brosset ne put y

tenir; enflammée de colère, elle montra son
poing aux gamins, ses persécuteurs. Ceux-ci
en firent autant, et l'accablèrent de tous les
noms, de tous les surnoms, de toutes les in-
jures, de toutes les insultes dont elle avait
depuis trop longtemps qualifié ses voisins et
même ses pratiques : « Veux-tu te sauver! »
crièrent-ils à ses oreilles; « veux-tu rentrer
« dans ton trou! vieille aristo! vieille réac!
« vieille démoc-soc! intrigante! cafarde! ca-
« gote! bigote! carliste! philippiste! trico-
« teuse! etc., etc. »

Ils ajoutaient d'autres dénominations que
notre plume n'a jamais écrites.

Madame Brosset fut tellement humiliée,
bouleversée, outrée de toutes ces avanies
qu'elle en tomba, quelques jours plus tard,
assez dangereusement malade; et si madame Delaunay et M. Clémann, prenant pitié
d'elle, ne lui eussent donné les soins les plus
empressés, elle aurait peut-être rendu veuf

M. Brosset qui, malgré ses nombreux bols de tisane et les poses si fréquentes de sangsues que lui avait ménagées la sollicitude conjugale, conserva néanmoins encore assez de force pour pleurer, du matin jusqu'au soir, au pied du lit de son épouse, pendant tous les jours que dura sa maladie.

Le samedi soir, madame Delaunay et sa fille, M. Clémann et son fils se réunirent pour se tenir compagnie et se fortifier mutuellement. Ils gémissaient avec larmes sur cette guerre fratricide; ils déploraient l'aveuglement et la perte de tant d'infortunés. Ne sachant aucune nouvelle de ce qui se passait dans l'intérieur de Paris, et voyant, d'heure en heure, s'agglomérer dans le Faubourg un nombre considérable d'hommes armés, en sorte que le quartier tout entier se transformait comme en une effrayante citadelle, leurs craintes et leurs alarmes ne faisaient que redoubler de plus en plus.

« Au moins, si la paix était revenue lors-
« que Delaunay sera de retour ! » disait Augustine, en élevant ses mains vers le ciel.
« Mon Dieu ! mon Dieu ! veillez sur mon
« mari ! » — « Qui sait, ajoutait Blanche, si
« les affreux excès dont nous sommes té-
« moins n'ouvriront pas les yeux de mon
« pauvre père ?... O que volontiers je donne-
« rais ma vie pour le sauver ! » Le petit garçon de M. Clémann, qui, depuis son enfance,
manifestait pour Blanche une vénération religieuse, repartit aussitôt : « O Mademoiselle
« *Rose Blanche du bon Dieu !* pourquoi dites-
« vous des choses si tristes ? Est-ce que vos
« bonnes et saintes prières ne sont pas suffi-
« santes pour nous sauver tous ? »

Quant au bon Alsacien, il s'efforçait de les
consoler tous de son mieux.

Mais, à chaque détonation de la fusillade,
qui dura encore longtemps, malgré l'heure
avancée, à chaque cri : *Aux armes ! aux*

armes! sentinelles à vos barricades! ils re-
tombaient, tous quatre, dans des terreurs,
dans des désolations qui se renouvelaient
sans cesse.

Vers les onze heures, au moment où, ayant
achevé leur prière commune, M. Clémann et
son fils furent remontés chez eux, une voix
sourde se fit entendre tout à coup à la porte :
« Ouvrez, ouvrez, c'est moi. » « Ah ! mon
« Dieu ! c'est mon mari ! — Ah ! c'est mon
« père ! » s'écrièrent en même temps Augustine et Blanche, pâles toutes deux, toutes
deux frappées de stupeur.

Blanche alla ouvrir.

CHAPITRE VII.

Les meneurs.

« C'est ainsi que vous me recevez ! » dit Delaunay, trouvant sa femme et sa fille sans mouvement et sans parole. « A la première « nouvelle de ce qui se passe à Paris, j'ai « abrégé mon voyage ; je pensais à vous. J'ai « fait plus de cent lieues sans m'arrêter. Après « avoir surmonté mille obstacles et mille « dangers, j'arrive, et je ne trouve ici que des « visages froids, des cœurs indifférents ! »

8.

— « Mon mari ! — mon père ! » telles furent les seules réponses d'Augustine et de Blanche, qui se précipitèrent vers lui pour l'embrasser ; mais Delaunay, se dérobant à leur tendresse, ne fit entendre que ces paroles pleines de dureté : « Retirez-vous ; laissez-moi ; « j'ai besoin de repos. »

Ses yeux égarés, ses mains crispées, son corps tremblant et courbé sous le poids de la fatigue et de tant d'émotions diverses qui l'agitaient violemment, firent une telle impression sur sa femme et sa fille qu'elles n'osèrent plus lui adresser une seule parole.

Delaunay, ayant refusé toute nourriture, céda bientôt à un lourd sommeil qui se serait prolongé le lendemain longtemps après le soleil levé, si le bruit du combat ne l'eût réveillé en sursaut, vers les sept heures du matin.

Son premier mouvement fut d'ouvrir la fenêtre ; mais ses regards ne purent attein-

dre que les barricades les plus proches, gar-
dées seulement par quelques hommes armés.
Toute l'action, tout le feu, se trouvaient
concentrés aux premières redoutes du Faubourg qu'il ne pouvait apercevoir.

Après avoir refermé la croisée, Delaunay,
sans regarder ni sa femme ni sa fille qui
pleuraient et priaient, se mit à marcher,
en tous sens, à grands pas. Ses yeux
étaient comme voilés. Pendant les moments
de silence et d'interruption de la lutte, il agi-
tait ses bras et ses mains, semblable à un
homme qui a perdu la raison ; puis il s'arrê-
tait tout à coup lorsque les détonations de
la fusillade ou du canon venaient à retentir
comme le tonnerre. Tantôt, il se précipitait
vers la porte comme pour sortir ; tantôt, il
retombait pesamment sur une chaise où il
restait longtemps dans une complète insen-
sibilité, fermant les yeux, respirant à peine.

Cependant, M. Clémann, prévenu par Blan-

che, descendit chez Delaunay. S'approchant,
et lui serrant affectueusement la main :
« Vous voilà donc, mon cher ami ! » lui dit-il
avec effusion de cœur, « je me doutais bien
« que votre tendresse pour votre famille vous
« ferait hâter votre retour. Ah ! mon ami,
« quelle guerre ! quelle guerre ! que de sang !
« que de deuil ! que de désolation ! »

Delaunay ne répondit pas.

« Mon ami, » continua l'Alsacien d'une
voix forte et néanmoins pleine de sensibilité,
« vous êtes époux, vous êtes père ; votre de-
« voir le plus sacré vous attache à ces deux
« êtres qui vous sont si chers… Voyez-les… »
« O mon père ! » interrompit Blanche, — « ne
« nous laisse pas ; si tu nous quittes, je
« meurs !… » — « Ne nous abandonne pas,
« mon cher mari ! » s'écria Angustine tout
en pleurs.

« Personne ne connaît votre retour, ajouta
« M. Clémann ; tant mieux !… Quant à moi,

« je sais qu'on va me demander pour soigner
« les blessés et je ne veux pas attendre qu'on
« vienne me chercher ; il n'y a aucun parti
« en face de la charité. Je cours de suite à
« l'ambulance la plus voisine. Pour vous,
« mon ami, qui ne devez point délaisser vo-
« tre famille, je vous confie mon fils qui va
« descendre chez vous tout à l'heure ; je vous
« demande, au nom du ciel, de veiller sur
« lui jusqu'au moment où je reviendrai au
« milieu de vous, mes bons et aimables amis.
« Delaunay, me le promettez-vous ? »

« Oui, » repartit Delaunay.

Assuré que l'Ébéniste, dont il connaissait
la fidélité à sa parole, ne sortirait point de
chez lui jusqu'à son retour, M. Clémann se
dirigea vers une petite boutique de la rue
Lenoir, transformée en ambulance.

Il y trouva huit hommes blessés, qu'on
venait d'y transporter.

Comme tout le quartier connaissait son

dévouement et son aptitude, l'Alsacien fut accueilli avec une vive reconnaissance. Deux des blessés ne lui étaient pas inconnus.

A peine eut-il posé le premier appareil sur des plaies assez graves, que l'on vit entrer dans l'ambulance improvisée un jeune médecin, membre de la Société de Saint-Vincent-de-Paul, accompagné de l'abbé Terlaing *, dont la charité répandait depuis plusieurs années tant de bienfaits et d'aumônes parmi les classes pauvres du quartier Saint-Antoine. Ce bon prêtre circulait libre-

---

* L'abbé Terlaing, prêtre du clergé de la paroisse St-Antoine des Quinze-Vingts, décédé le 26 janvier 1852, s'était entièrement dévoué aux familles les plus indigentes du faubourg St-Antoine. Tout le monde connaît son *OEuvre des vieux souliers*. Il se servait d'une multitude de moyens, qu'inventait sa charité, pour ramasser, chaque année, cinq ou six mille vieilles chaussures de toutes les formes, de toutes les couleurs, de toutes les grandeurs, les faisait raccommoder et ressemeler, et les distribuait lui-même aux pauvres.

ment et sans crainte au milieu des barricades, les gravissant à travers la fusillade et la
mitraille, pour consacrer son saint ministère
aux combattants des deux camps. Son zèle
ne distinguait ni insurgés, ni soldats, ni gardes nationaux ou mobiles; il ne voyait partout
que des frères, consolait et fortifiait les blessés, et donnait l'absolution aux mourants
dont il recueillait le dernier soupir.

Voyant ses malades entre bonnes mains,
M. Clémann courut chez les Delaunay, où
l'appelaient sa tendre amitié et ses trop lé-
gitimes appréhensions.

Il y arriva vers midi, au moment même
où Delaunay venait de recevoir une lettre
anonyme, cette arme des lâches qui atta-
quent dans l'ombre et dérobent ainsi aux
yeux de leurs victimes leur main perfide et
impure. Elle était conçue en ces termes :

*Citoyen Delaunay, nous venons d'appren-
dre ton retour. Pourquoi n'es-tu pas déjà*

avec nous ? Que fais-tu pendant que tes frères combattent pour la cause la plus sacrée ? N'as-tu pas juré, par le plus redoutable des serments, fidélité et consécration de ton être tout entier à la Révolution démocratique et sociale ?

N'as-tu pas mille fois répété au milieu de nous, que maintenant, plus que jamais, l'Insurrection est le plus saint des devoirs ?

Si, à l'instant même où tu recevras cette lettre, tu ne viens pas combattre dans les rangs des véritables amis de la Patrie, des sauveurs et des martyrs du Peuple, nous te regarderons comme un parjure ; et quand nous serons vainqueurs, ni toi ni les tiens, vous ne sauriez échapper à notre vengeance.

A cette lecture, Delaunay, au lieu de pâlir de crainte, devint pourpre de colère. « C'est faux, je n'ai jamais voulu faire leur « serment, » s'écria-t-il d'abord en froissant violemment et déchirant la lettre avec indi-

gnation. « C'est une exécrable imposture !....
« Mais cependant, » ajouta-t-il d'une voix profonde, « mais cependant.... ne serais-je pas
« engagé.... au moins par l'honneur?.... Mes
« paroles.... mes opinions.... Que faire?....
« Grand Dieu ! quel parti prendre?.... »

« Quel parti prendre ? » reprit aussitôt
M. Clémann, qui connaissait plus que personne la déplorable versatilité du caractère
de Delaunay, « quel parti prendre, mon ami?
« pouvez-vous en douter? Quel parti pren-
« dre ? Le parti d'un honnête homme, celui
« de mépriser d'abord cet indigne strata-
« gème, et surtout celui qui n'a pas honte dé
« s'en servir. Ne le craignez pas ce misérable
« ni ceux qui lui ressemblent; ce sont les
« plus lâches des hommes.

« Quel parti prendre, mon cher ami? Ce-
« lui de rester, comme je vous l'ai déjà dit,
« avec votre femme, votre fille et vos amis,
« jusqu'à ce que se termine cette guerre

9

« horrible ! Delaunay, Delaunay ! » ajouta
M. Clémann d'une voix forte et pénétrante,
« il est toujours temps de s'arrêter lorsqu'on
« voit que la route que l'on a suivie est mau-
« vaise. Celui qui aperçoit à ses pieds un
« abîme et ne recule pas à l'instant n'est
« qu'un insensé, à moins qu'il ne veuille être
« un suicide. Mon ami ! je vous en conjure
« avec larmes; au nom du ciel ! au nom des
« êtres dont Dieu vous a confié la garde et
« qui ne pourraient peut-être vous survivre,
« restez, restez avec nous ! »

Augustine et Blanche unirent leurs suppli-
cations et tous les efforts de leur tendresse
aux paroles si graves et en même temps si
touchantes de M. Clémann qui, voyant son
ami s'apaiser peu à peu et ayant reçu de
lui quelques réponses rassurantes, demanda
la permission de s'absenter une ou deux
heures, pour aller visiter « ses pauvres bles-
« sés de la rue Lenoir. »

L'Ébéniste commençait à entendre avec
plus de sang-froid et moins de résistance
les sages avis et les tendres prières qui
l'entouraient, lorsque, entre deux ou trois
heures de l'après-midi, quelqu'un frappa à
la porte. Il ouvrit lui-même.

Un homme entra, sans saluer ni faire aucune attention à Augustine et à Blanche.

A son front bas et fuyant, à ses cheveux
plats et collés sur ses tempes creuses, à son
teint jaune et huileux, à ses yeux, rapprochés
l'un de l'autre, tantôt fiévreux et ardents,
tantôt fixes et ternes, à sa démarche balan-
cée et tortueuse qui ressemblait à celle d'une
hyène ou d'un animal rampant, on pouvait
facilement discerner un caractère sournois,
faux, hypocrite, perfide. Cet individu avait
été, peu de temps, contre-maître dans l'atelier
de M. Delvaux. M. Delvaux, homme bon et
dévoué, mais trop confiant à l'égard de son
contre-maître, s'aperçut bientôt qu'il n'avait

affaire qu'à un traître et à un ingrat ; il s'était
donc hâté de le renvoyer à la grande joie et
satisfaction des autres ouvriers. Depuis sa
sortie de l'atelier, cet homme cumulait les
métiers d'espion et de propagateur d'un
mauvais journal. Il servait tous les partis :
démocrate avec les démocrates, légitimiste
avec les légitimistes, socialiste avec les so-
cialistes. Adulateur de toute cause qui venait
à triompher, il avait un pied et une langue
dans tous les camps, pour les flatter, les
trahir et les abandonner tour à tour.

S'adressant à Delaunay d'un air impudent :
« Que faites-vous ici, je viens le savoir, ci-
« toyen ? Est-ce que vous délaisseriez honteu-
« sement la cause de la justice, du droit, de
« la liberté ? Je viens vous chercher : on vous
« attend, venez avec moi. »

A la vue de cet homme qu'il méprisait,
Delaunay eut de la peine à se contenir. « Je
« me défie d'une cause que vous défendez,

« quelle qu'elle soit, répliqua-t-il avec un
« certain calme apparent; je vous con-
« nais. »

— « Et moi aussi, riposta l'homme avec
« audace, je vous connais et cent autres avec
« moi vous connaissent depuis longtemps;
« ils sauront enfin que vous désertez votre
« parti et que vous les abandonnez. »

— « Monsieur, » interrompit Blanche, dont
la figure douce et suave s'anima tout à coup,
« quoi? vous avez l'audace de proposer à
« mon père de se rendre coupable d'un
« crime? Je ne suis qu'une enfant; mais je
« vous dis que toute guerre que l'on com-
« mence contre ses concitoyens est le plus
« abominable des forfaits devant Dieu et de-
« vant les hommes. Laissez mon père, et re-
« tirez-vous. »

— « Oui, » s'écria de son côté Augustine,
fortifiée par le ton ferme et l'élan courageux
de sa fille, « oui, allumer la guerre civile

« est un horrible attentat; jamais, monsieur,
« mon mari ne trempera ses mains dans le
« sang de ses frères; sortez. »

— « C'est bien! c'est bien! » dit alors cet
homme d'une voix sourde, en jetant un regard fauve sur Delaunay, « je vais rendre
« réponse à ceux qui m'ont envoyé; je leur
« apprendrai que celui de leurs frères sur
« lequel ils comptaient depuis plusieurs an-
« nées, n'est que le timide esclave d'une
« femme et d'une enfant.... Ils sauront bien-
« tôt que Delaunay n'est qu'un lâche....

— « Je suis un lâche! » répliqua l'Ébéniste, frémissant de colère; « je suis un là-
« che! eh bien! misérable, je vais te prouver
« le contraire; je descends avec toi, je vais
« me battre à côté de toi, et tu verras si je
« suis un lâche et si je n'ai pas plus de cou-
« rage que toi.... »

En vain Augustine se jeta-t-elle au-devant
de son mari, l'entourant de ses bras et l'inon-

dant de ses larmes; en vain Blanche se cou-
cha-t-elle par terre, tout de son long, sur le
seuil de la porte, pour l'empêcher de passer
outre. Sourd à leurs cris, à leurs prières, à
leurs pleurs, que contemplait d'un œil sec
et moqueur l'homme infâme, cause de tant
de désolations, Delaunay se dégagea violemment de leurs étreintes convulsives, et
se précipita dans l'escalier, en criant : « Je
« ne suis pas un lâche! je ne suis pas un
« lâche!»

A peine fut-il descendu dans la rue, que
l'homme, qui venait de l'entraîner, lui pré-
sente aussitôt un fusil. Delaunay, l'ayant
saisi avec une sorte de frénésie, courut
comme un forcené vers la première redoute du Faubourg.

Il ne lui restait plus que quelques barricades à franchir avant d'y arriver, lorsque,
s'arrêtant tout à coup, il regarda derrière
lui pour s'assurer s'il était suivi de l'ancien

contre-maître de M. Delvaux. Ne l'ayant point
vu, il revint aussitôt sur ses pas ; et apercevant enfin cet homme qui, débarrassé de
ses armes, remontait en toute hâte le Faubourg et se dirigeait du côté de la rue Sainte-
Marguerite, notre Ébéniste se précipite vers
lui, l'atteint bientôt, le prend à bras-le-corps.
« Misérable ! c'est toi qui es un lâche ! » s'é-
crie-t-il transporté de colère ; « tu es venu
« me chercher, et tu fuis !... » Puis saisissant
à l'instant même un des fusils qu'un ouvrier,
veillant à la barricade voisine, gardait en
dépôt, il le lui jette dans les mains avec un
paquet de cartouches, en ajoutant d'une voix
menaçante et terrrible : « Marche, marche,
« devant moi et ne bronche pas, ou je te tue,
« lâche ! »

L'individu, pâle de terreur, ne dit pas un
seul mot, et marcha devant lui en chancelant.

CHAPITRE VIII.

Les deux victimes.

————

Ils arrivèrent ainsi à la redoute qui fermait
le faubourg Saint-Antoine et la rue de Cha-
ronne, au moment même où le combat venait de cesser tout à coup. La rumeur annon-
çant l'Archevêque de Paris s'était répandue
dans les deux camps.

Il accourait, en effet, ce bon pasteur pour
sauver son troupeau ; un jeune ouvrier le
précédait, portant à la main un rameau
vert.

9.

L'Archevêque, accompagné de deux de ses Grands Vicaires, traverse à grands pas la place de la Bastille, et bientôt se trouve au milieu des insurgés, descendus sur la place, auxquels se mêlent plusieurs soldats, empressés de fraterniser. Déjà les paroles du saint Prélat gagnent les esprits, déjà l'espérance d'une paix, tant désirée, commence à réconcilier des cœurs que des hommes aveugles ou coupables avaient rendus ennemis, lorsqu'en un clin d'œil quelques collisions éclatent. Le cri : *Aux armes ! à nos barricades !* retentit. Un coup de fusil part accidentellement, et aussitôt la terrible fusillade recommence avec une nouvelle énergie.

Pendant qu'il s'efforce encore, du geste et de la voix, d'apaiser la multitude qui semblait vouloir l'entendre, l'Archevêque est atteint lui-même d'une balle égarée : « Je suis « frappé, mon ami, » dit-il, en tombant, à l'ouvrier qui portait la palme verte.

Sur-le-champ, les insurgés s'empressent autour de lui, le relèvent dans leurs bras et l'emportent au presbytère de Saint-Antoine, en lui donnant des marques de vénération et d'amour, et répétant avec larmes : «Quel « malheur ! il est blessé, notre bon Pasteur « qui venait pour nous sauver*! »

Au même instant, on vit apparaître près de la barricade une jeune fille d'une merveilleuse beauté, éperdue, les cheveux épars et flottants sur ses épaules, les bras tendus vers le ciel ; elle appelait son père avec des cris déchirants.

A peine a-t-elle franchi quelques groupes d'insurgés, au milieu desquels se trouvait l'ancien contre-maître de M. Delvaux, que le fusil éclate dans les mains tremblantes de cet homme ; l'explosion le renverse lui-même roide mort sur la place et lance un de ses

---

* *Actes de l'Église de Paris*, p. 413 et suivantes.

fragments meurtriers au front de la jeune fille qui tombe.

C'était Blanche.

Lorsqu'elle avait vu son père, entraîné à la guerre civile par un homme méprisable (que Dieu venait manifestement de punir), repousser ses embrassements et ses prières, une résolution soudaine s'était emparée de son âme tout entière ; armée d'un courage au-dessus de son sexe et de son âge, bravant tous les dangers, elle était accourue pour sauver son père.

« Une jeune fille blessée ! » dit-on aussitôt dans les rangs des insurgés. « *La Rose Blanche du bon Dieu !* » s'écrie un des ouvriers, habitant du Faubourg. A ces paroles, l'Ébéniste, qui, monté sur le haut du rempart, au poste le plus périlleux, s'apprêtait au combat, se retourne et aperçoit sa fille étendue sans mouvement au pied de la barricade.

Un cri effroyable retentit : Delaunay jette

son arme, se précipite sur Blanche, la saisit dans ses bras et l'emporte à travers les balles et la mitraille.

Abandonnée par son époux et par sa fille, madame Delaunay revenait à peine d'un long évanouissement entre les bras de Clémann, accouru à son secours, lorsqu'elle vit tout à coup rentrer son mari avec un visage livide et des yeux hagards, et déposer sur son lit Blanche couverte de sang.

Delaunay et sa femme restèrent longtemps immobiles de stupeur et de douleur. Cette scène était effrayante.

Sans perdre un instant, l'Alsacien fait un geste impératif aux époux Delaunay, pour qu'on le laisse libre dans son action, s'approche du lit de Blanche, lave la blessure, en extrait un éclat de fer et pose le premier appareil.

Blanche ouvrit enfin les yeux, puis arrêtant un long regard plein d'amour sur son

père qui se tenait à genoux près de son lit :
« Mon père, » dit-elle d'une voix faible et
éteinte, « tous mes vœux sont remplis, je t'ai
« sauvé, je t'ai rendu à ma mère ! je puis
« maintenant mourir.... »

— « Mourir ! » interrompit Delaunay en regardant fixement M. Clémann. L'Alsacien
baissa les yeux et garda un morne silence.

— « Misérable que je suis ! » s'écrie Delaunay avec l'accent du plus affreux désespoir,
« c'est moi qui suis cause de la mort de ma
« fille ! et je ne me tuerai pas ? Une arme !
« une arme ! pour en finir avec la vie. Si ma
« fille doit mourir, il faut que je meure avant
« elle. Donnez-moi une arme, un couteau, du
« fer.... »

— « Que faites-vous, mon ami ? » dit
M. Clémann, en se jetant aussitôt sur Delaunay et le saisissant avec force. « Voulez-vous
« précipiter les moments que Dieu réserve
« encore à votre fille...? Et vous pourriez

« compter encore une autre victime... votre
« pauvre femme.... » M. Clémann, suffoqué
par son émotion, ne put achever, et il mon-
trait Augustine, défaillante et tremblante de
tous ses membres, gisant par terre, auprès
du lit de Blanche qui témoin, elle aussi, de
cette horrible scène, poussait les plus la-
mentables gémissements.

Et pendant que ces désolations extrêmes
se trouvaient réunies au sein de cette famille
infortunée, la maison tout entière était
ébranlée de fond en comble par la détonation de l'attaque formidable et de la défense
plus acharnée que jamais de l'entrée du
Faubourg; des boulets et des obus venaient frapper les barricades les plus éloi-
gnées, puis roulaient le long des murs avec
fracas.

Blanche était mortellement blessée; ainsi
l'avaient jugé M. Clémann et avec lui le
jeune médecin dont nous avons déjà signalé

le dévouement. Appelé, dès le soir même, par l'Alsacien, il ne put se dissimuler la gravité de la situation de la jeune fille : l'os frontal perforé devait faire craindre ou un épanchement prochain au cerveau ou plus tard le *tétanos*, ce phénomène terrible, dont la guérison jusqu'à ce jour a échappé à tous les efforts de la science.

Cependant la nuit avait interrompu le combat fratricide. Durant ces moments de silence et de calme, Blanche vint à s'assoupir ; son repos était paisible. L'espoir, qui soutient et fortifie, commençait même à répandre son baume consolateur sur les cœurs de Delaunay, de sa femme et de leurs amis le bon Clémann et le petit Adolphe qui priait aux pieds de *sa sainte Rose Blanche du bon Dieu*. Il n'y avait pas jusqu'à la petite tourterelle de Blanche qui, blottie sous l'oreiller de sa maîtresse, ne fît entendre de temps en temps, malgré l'heure avancée, un roucoulement plein de douceur.

Vers minuit, Blanche s'éveilla. Voyant autour d'elle son père, sa mère, M. Clémann et son fils, elle les regarda attentivement en leur adressant un gracieux sourire. « Ah ! « que vous êtes bons de ne pas m'abandon- « ner !... mais, c'est trop de soins et de fati- « gue..., Il faut prendre votre sommeil.... « Mon bon père, ma chère maman, vous, « bon ami et toi, mon petit Adolphe, il faut « aller vous reposer. Soyez tous tranquilles ; « le bon Dieu ne m'appelle pas encore, j'en « suis sûre. »

On ne lui répondit que par des larmes.

« Ma bonne mère, continua Blanche, je « vais faire prévenir M. ***, mon catéchiste « et mon confesseur. Vous, bon ami Clé- « mann, vous irez le trouver demain, dès le « grand matin, n'est-ce pas ? Car je ne veux « pas que tu sortes, mon bon père, entends- « tu ?.... je ne veux pas que tu sortes.... »

— « Non, ma fille, dit Delaunay, je ne
« sortirai pas; je t'obéirai. »

— « Et moi aussi, ma bonne petite demoi-
« selle, chère *Rose Blanche du bon Dieu*,
« j'exécuterai vos ordres, » répondit M. Clé-
« mann.

— « Et dites-lui bien, à ce bon monsieur,
« qui est pour moi un second père, ajouta
« Blanche, dites-lui bien, bon ami, que je le
« conjure de venir à trois heures; ni plus tôt,
« ni plus tard. C'est l'heure où le bon Dieu,
« avant de mourir, a pardonné à tout le
« monde. Vous lui recommanderez bien sur-
« tout de m'apporter l'Extrême-Onction et la
« Sainte Communion. »

— « Mais, ma chère Blanche, » interrompit Delaunay, « pourquoi donc des idées si
« tristes ? »

— « Elles ne sont pas tristes, mon père.
« C'est justement pour réjouir mon cœur et
« les vôtres, pour nous encourager tous, que

« je désire, que j'appelle les consolations de
« la Religion. Elles sont si douces, mon
« père!... Allons, retirez-vous, reposez-
« vous..., je n'ai besoin de personne.... Je
« vais vous embrasser tous les uns après les
« autres. »

Et l'aimable et gracieuse enfant, tendant
ses bras, leur donnait un baiser plein de
tendresse, et leur disait d'une voix émue :
« Adieu! adieu! à demain! à demain le
« beau jour! »

CHAPITRE IX.

Les deux martyrs.

Pendant cette même nuit, il se passait une grande scène au presbytère de Saint-Antoine.

Couché par terre sur un matelas, comme un de ces blessés qu'il venait de visiter quelques heures auparavant, le front resplendissant d'une sérénité toute céleste et d'une paix inaltérable, l'Archevêque disait au milieu des plus horribles douleurs : « Mon Dieu, « je vous offre ma vie, acceptez-la pour ar-

« rêter l'effusion du sang qui coule. — Un
« bon pasteur doit donner sa vie pour ses
« ses brebis. — Ma vie est bien peu de chose,
« mais prenez-la, Seigneur, je vous l'offre.
« — Je mourrais content si je pouvais espé-
« rer la fin de cette horrible guerre civile, si
« mon sacrifice terminait tant de malheurs !
« — Mon Dieu, si je souffre, je l'ai bien mé-
« rité, moi; mais votre peuple, votre pauvre
« peuple, faites-lui miséricorde ! »

Les insurgés, qui veillaient en silence durant toute la nuit autour de l'asile de l'Archevêque, venaient avec anxiété chercher de
ses nouvelles. Les hommes, les femmes, les
enfants montraient la plus vive émotion et
répandaient des larmes en apprenant une
trop triste réalité. Les Vicaires Généraux, le
vénérable Curé de Saint-Antoine et les ecclésiastiques présents ajoutaient le récit des
paroles admirables par lesquelles le bon
Pasteur les conjurait de déposer les armes

et de faire leur soumission, et on leur répétait
surtout le vœu si ardent du Pontife blessé à
mort : « Que mon sang soit le dernier versé ! »
Alors ils gardaient le silence et baissaient la
tête avec une vive douleur *.

L'Archevêque de Paris, le premier pasteur
de la grande ville, offrait sa vie pour sauver
son troupeau. A la même heure, la plus
humble de ses brebis, une fille du peuple
offrait aussi sa vie pour sauver son père.

Revenons à elle.

Blanche avait reposé la nuit tout entière.
Son sommeil, au milieu duquel elle faisait
entendre quelques gémissements arrachés
par ses souffrances, se prolongea le lundi
jusque vers les neuf heures du matin.

S'éveillant alors, elle embrassa son père et
sa mère, qui veillaient près d'elle, remplis de
la plus cruelle inquiétude; puis elle demanda

* *Actes de l'Église de Paris*, p. 416.

bon ami. Celui-ci avait accompli en tous points la pieuse commission dont Blanche l'avait chargé. Après avoir visité « ses pau- « vres blessés » devenus plus nombreux, il venait, à l'instant, rendre une réponse parfai- tement en accord avec les vœux les plus ar- dents de la malade.

Alors Blanche ordonna elle-même tous les préparatifs de la touchante cérémonie. Elle pria sa mère de l'habiller des vêtements de sa première Communion, qu'elle conservait précieusement, et de lui mettre le voile qu'elle portait dans ce grand et beau jour. Augustine voulut y joindre une couronne ar- tificielle de roses blanches, que sa fille avait reçue des Sœurs, l'année précédente, à la distribution des prix.

« Mais, ma chère fille, » lui disait son père, « ce que tu désires est impossible; n'entends- « tu pas le bruit affreux de la guerre?

« — Avant trois heures, mon père, tout

« sera fini : c'est l'heure où Notre-Seigneur
« est mort pour sauver les hommes. Sois
« tranquille ;.... prie Dieu avec moi ; mais
« surtout ne t'éloigne pas. »

— « Non, mon enfant, je ne te laisserai
« pas un seul instant, » répondit Delaunay.

A deux heures, la guerre civile avait cessé.

A trois heures, la scène la plus attendris-
sante se passait au milieu de notre famille
désolée.

Semblable à ces jeunes Vierges Martyres,
honorées par le culte de l'Église, et que l'on
représente la tête entourée d'une lumineuse
auréole, Blanche était radieuse de bonheur,
de joie et d'une beauté angélique.

Aucune expression ne peut rendre les sentiments de tendre piété avec lesquels elle
reçut les divins Sacrements. La main du prêtre qui l'avait dirigée dès ses premières années, tremblait d'émotion au moment où il
lui présenta la Sainte Eucharistie. Prosternés

auprès de son lit, son père et sa mère faisaient entendre des sanglots étouffés auxquels se mêlaient les larmes du bon Clémann,
du petit Adolphe et des habitants de la maison, qui voulurent tous assister à une cérémonie à la fois si triste et si touchante.

A peine Blanche venait-elle de recevoir le
saint Viatique, qu'on entendit un grand bruit
dans l'escalier. Des hommes armés, poussant
avec violence la porte entr'ouverte, se pré-
sentèrent. Ils venaient pour arrêter l'Ébéniste, qui leur avait été signalé comme un
des plus exaltés et des plus dangereux insurgés par l'auteur même de la lettre anonyme,
adressée à Delaunay le lendemain de son
retour à Paris.

Dès qu'elle les aperçoit, Blanche se re-
dresse sur son lit, malgré sa faiblesse, attire
son père jusque sur son cœur et l'entoure de
ses bras comme pour le dérober à leur vue.
Un spectacle aussi inattendu, l'air inspiré

de la jeune fille, dont la blessure, se rou-
vrant par suite de ses efforts, laissa échapper quelques gouttes de sang sur sa charmante et céleste figure, ses vêtements blancs,
son voile virginal, l'aspect de ce prêtre vénérable accomplissant une des fonctions les
plus solennelles de son ministère, la douleur
profonde des assistants produisirent sur ces
hommes un effet étrange.

Frappés, éblouis comme par une appari-
tion surnaturelle, ils reculèrent à l'instant,
disant assez haut pour qu'on les entendît :
« Allons-nous-en, allons-nous-en ; ce n'est
« point ici, ce n'est point ici. »

Aussitôt qu'ils furent partis, Blanche s'é-
cria :

« Mon Dieu, mon Dieu, soyez béni ! vous
« acceptez le sacrifice de ma vie pour le sa-
« lut de mon père ! » et elle retomba sur son
lit, épuisée de fatigue, en tenant son Crucifix
sur ses lèvres.

Augustine et les personnes présentes virent alors Delaunay chanceler; son visage présentait la pâleur de la mort.

Le jeune médecin vint sur ces entrefaites visiter la malade et renouveler le pansement de sa blessure, recommandant que l'on gardât autour d'elle un silence absolu.

Durant le reste de la journée et toute la nuit suivante, Blanche n'interrompit son sommeil que par de faibles plaintes et par les douces invocations souvent répétées de la piété chrétienne, auxquelles venaient se mêler les noms chéris de son père et de sa mère.

On avait laissé ignorer à la jeune malade le coup mortel dont, quelques moments avant elle-même, l'Archevêque avait été frappé; mais le bruit de sa mort héroïque s'étant bientôt répandu, le mardi soir, dans toute la ville, quelques paroles, quoique prononcées bien bas autour de son lit, lui apprirent le sacrifice offert par le Pontife pour le salut de son troupeau.

« Le bon Pasteur, se prit-elle aussitôt à
« dire à haute voix, a donc comme vous,
« Seigneur, donné sa vie pour ses brebis !....
« Ah ! je le verrai bientôt.... je le vois déjà....
« Il m'appelle, il m'appelle.... il me montre
« sa palme.... il veut la partager avec moi ! »

Et ses yeux, rayonnant d'un éclat extraordinaire, restèrent longtemps élevés vers le ciel.

10.

CHAPITRE X.

Les deux triomphes.

———

La nouvelle de la mort de l'Archevêque, avec les circonstances qui l'avaient accompagnée, s'étant répandue dans tout Paris avec la rapidité de l'éclair, causa l'impression la plus profonde dans le faubourg Saint-Antoine. Des groupes nombreux se formaient près de la place où il était tombé. On y racontait que le lundi matin, transporté à l'Archevêché, sur un brancard, par des ouvriers

du Faubourg, des gardes nationaux et des
soldats, qui ne se disputaient plus que l'honneur de porter ce précieux fardeau, le bon
Pasteur avait trouvé encore assez de force,
pendant ce pénible trajet, pour bénir son
peuple et lui adresser des paroles de paix et
de concorde. On disait que, peu d'instants
avant d'expirer, l'Archevêque adressait
encore à Dieu les plus touchantes prières
pour son cher troupeau; on ajoutait enfin
que, lorsqu'il eut rendu le dernier soupir,
vers les quatre heures et demie, un des
Grands Vicaires, rappelant aux ecclésiastiques présents quelques-unes des sublimes
paroles du saint Pontife, tous avaient étendu
la main sur son corps et juré de consacrer,
à son exemple, leur vie et jusqu'à la dernière
goutte de leur sang pour la gloire de Dieu et
le salut de leurs frères*.

* *Actes de l'Église de Paris*, p. 417.

Le sacrifice héroïque de l'Archevêque de
Paris était l'objet de tous les entretiens; on
ne pouvait en parler sans verser des larmes;
au milieu de tant de malheurs, ce malheur
semblait dominer tous les autres.

Pendant les neuf jours qui précédèrent les
obsèques du Prélat, une foule innombrable
de personnes de tout âge, de toute profession, de toute opinion, se pressait aux
abords de la chapelle ardente où son corps
vénérable était exposé; elle venait y prier et
y pleurer.

Une humble victime, dont le dévouement
filial avait aussi son héroïsme et sa gloire
même en face de l'auguste victime de la charité apostolique, Blanche Delaunay, à qui
Dieu voulut prolonger l'existence jusqu'à la
veille des funérailles de l'Archevêque, était
aussi l'objet des préoccupations et des re-
grets des habitants du Faubourg.

Tout le quartier savait que *La Rose Blan-*

che du bon Dieu avait été blessée aux barricades ; mais grâce à une protection toute
particulière de la Providence , personne, excepté Clémann et les époux Brosset, ne connaissait les circonstances de ce malheur. On
ignorait même que l'ébéniste fût sorti de sa
maison pour aller se mêler aux insurgés. Le
seul homme qui eût pu donner des détails
avait emporté son secret dans la tombe. Seulement, on avait vu des hommes armés entrer dans la maison, le mardi vers quatre
heures , et en sortir presque aussitôt sans
avoir arrêté aucun de ses habitants. Quelques voisins, il est vrai, connaissant les opinions exagérées de Delaunay, avaient conçu
certains soupçons ; mais, tant leur estime
pour madame Delaunay était profonde et
leur affection vive et sincère pour Blanche !
ils surent tous s'imposer le plus profond silence.

Cependant, un grand nombre de personnes

et surtout de jeunes filles, venaient à chaque
instant du jour s'informer avec anxiété de
l'état de la malade. Chose étonnante! madame Brosset, notre concierge-boutiquière,
déjà souffrante par suite des émotions diverses que connaissent nos lecteurs, semblait
s'oublier elle-même pour répondre avec le
plus touchant intérêt à tout le monde et faire
l'éloge de la douceur de Blanche, de sa rési-
gnation, de sa piété. Il s'était fait dans cette
femme une véritable métamorphose. Quoique parfaitement informée des circonstances
de la blessure mortelle de la fille des Delaunay, elle trouva cependant la force de répri-
mer ses habitudes de loquacité et d'indis-
crétion.

Toutefois, à la manière dont elle parlait,
on aurait pu deviner combien il lui en coû-
tait pour ne pas en dire davantage : « Oh!
« quelle sainte du bon Dieu et de la Sainte-
« Vierge que cette pauvre petite!... Si vous

« la voyiez, vous l'adoreriez comme on adore
« le petit Jésus! Il y a des anges dans le ciel,
« voyez-vous, qui ne valent pas cet ange-là!
« Elle est bien mal; rien ne peut la guérir;
« je lui ai fourni pourtant plus de vingt sang-
« sues; peut-être n'est-ce pas assez? — Si
« vous voyiez ce grand trou qu'elle a dans
« sa petite tête si mignonne, ça vous glace-
« rait les veines; et cependant elle ne se
« plaint pas, ce pauvre ange! — Quel mal-
« heur! mon Dieu! je donnerais volontiers
« dix pintes de mon sang et de celui de
« M. Brosset pour la sauver! »

Madame Brosset disait tout cela en répandant des larmes sincères.

Tout exagéré qu'il était, le langage de la
concierge rendait à sa manière le sentiment
de douleur et d'admiration religieuse qu'inspirait la jeune malade pendant ces tristes
jours de sa lutte avec la mort. Fortifiée par
la Religion, elle souffrait avec une paix et

une tranquilité d'âme inexprimables. Chacune de ses paroles était empreinte d'une
piété pleine de suavité et de charmes. L'Ecclésiastique et la bonne Sœur de Saint-Vincent-de-Paul, ainsi que les personnes qui
avaient été admises dans la maison, ne pouvaient se lasser de la contempler et de l'é-
couter; ils ne la quittaient que pénétrés jusqu'au fond de l'âme et les larmes dans les
yeux.

Blanche consolait elle-même ses parents
et leurs amis : « Pourquoi pleurez-vous?
« Est-ce que je ne vous aimerai pas tou-
« jours lorsque je serai avec Dieu? Est-ce
« que nous ne nous retrouverons pas un
« jour dans le ciel pour ne plus nous
« quitter? »

« Mon père, » disait-elle souvent à Delaunay, « quand Dieu m'aura appelée à lui, tu
« consoleras ma bonne mère. Tu ne seras
« plus triste, n'est-ce pas...? Tu n'iras plus

« avec ces hommes méchants.... Tu écouteras
« les conseils de *bon ami.*... Surtout, mon
« père, tu prieras Dieu, tu prieras Dieu.... Et
« puis ta Blanche priera aussi pour toi dans
« le Ciel avec ses deux petits frères.... »

Dieu avait donné à la jeune fille un pres-
sentiment de sa mort. Ce jour-là même, vers
les six heures du matin, elle confia à ses parents ses dernières volontés et, selon son
expression, « *l'exécution de son petit testa-*
« *ment.* » Avec une présence d'esprit et un
calme surprenant, elle légua plusieurs objets
de piété à quelques-unes de ses compagnes
qu'elle désigna, ses livres à son petit Adolphe
« *pour lui servir à bien se préparer à sa pre-*
« *mière Communion,* » quelques vêtements à
deux petites filles pauvres qui demeuraient
en face de la maison, et enfin sa petite tourterelle à *bon ami.* Quant à sa robe blanche
et à son voile, elle pria sa mère de les lui
laisser emporter avec elle....

Plus ses derniers moments approchaient, plus ses paroles étaient affectueuses et tendres.

Vers les dix heures, au moment où le glas funèbre du bourdon de Notre-Dame annonçait la veille de la cérémonie des obsèques de l'Archevêque :

« Regardez, » se prit-elle soudain à dire, « regardez, » et ses mains jointes et ses yeux étaient tournés vers un point du ciel qu'elle apercevait de son lit. « Voyez donc « comme c'est beau... Que c'est beau...! « L'Archevêque...! C'est encore lui...! Il est « habillé comme le jour où il m'a donné la « Confirmation.... il est accompagné de mes « deux petits frères.... il s'approche.... il me « tend la main...! Adieu! adieu, mon père! « Adieu, ma mère! Adieu, mes bons amis...! « Au revoir, dans le ciel...! »

On entendit un léger souffle; Blanche avait cessé d'exister sur cette terre.

Aucune parole ne peut exprimer la consternation des Delaunay et du bon Alsacien.
Le petit Adolphe faisait retentir la maison
des cris les plus déchirants ; on ne pouvait
le calmer ; il fallut que son père, laissant
malgré lui, dans un si cruel moment, cette
famille désolée, l'emmenât chez lui, où l'enfant resta plus d'une heure en proie aux
plus violentes convulsions de la douleur.

Prévenus de la mort de Blanche, l'Ecclésiastique qui ne prévoyait pas une fin si prochaine, Clémann, M. et madame Delvaux
eux-mêmes et quelques voisins vinrent passer tout le reste de la journée et une partie
de la nuit en prières aux pieds de la défunte,
occupés surtout à consoler madame Delaunay qui, d'une voix lugubre, appelait la
mort pour ne point se séparer de sa fille et
inondait de larmes son corps inanimé.

Delaunay ressemblait à un homme frappé
par la foudre. L'immobilité de son visage

contracté par le désespoir, son silence
morne, ses yeux fixes inspiraient tout à la
fois la terreur et la pitié.

Le vendredi, 7 Juillet, un jour de deuil
universel se leva sur la grande cité. Revêtu
de ses ornements pontificaux, le corps de
l'Archevêque, reposant sur un lit de parade,
était porté au milieu d'une immense popu-
lation jusqu'à Notre-Dame, lieu de sa sé-
pulture. Onze Évêques, le Clergé de Paris,
l'Assemblée Nationale, la Magistrature, l'Armée, les députations nombreuses de tous les
corps de l'État, les membres de toutes les
communautés religieuses et associations
charitables lui faisaient cortége. On se mettait à genoux sur son passage ; c'était la
pompe solennelle de la translation d'un martyr. Partout, dans les rues, dans les places
publiques, sur les quais, dans l'immense ba-
silique, flottaient des étendards aux armes de
la ville de Paris et de la France, et des ban-

nières sur lesquelles étaient inscrites les paroles du héros de la charité : *Le bon Pasteur
donne sa vie pour ses brebis. — Que mon
sang soit le dernier versé !*

La patrie décernait au successeur de son
premier Apôtre, mort, lui aussi, martyr de
son dévouement, un magnifique triomphe.

Aux mêmes heures, le corps d'une humble fille, *La Rose Blanche du bon Dieu*, était
aussi transporté à l'église, où elle avait si
souvent prié, et de là, enfin, à sa dernière demeure.

C'était aussi une pompe, mais une pompe
modeste et non moins belle, de la translation
d'une martyre, d'une enfant qui avait offert
sa vie pour son père. Son char funèbre, en-
touré de draperies blanches, était accompagné des amis de la famille, de l'Ecclésiastique, directeur de son enfance, de quelques Sœurs de Saint-Vincent-de-Paul et de
plus de cent jeunes filles, vêtues comme au

jour de leur première Communion, tenant toutes à la main, en souvenir de leur compagne tant regrettée, un bouquet de *roses blanches*.

Delaunay suivait aussi d'un pas chancelant le corps de sa fille; son esprit paraissait égaré. Soutenu par son patron et l'Alsacien, il se laissait conduire comme un homme qui ne sait où on le mène.

Pendant la cérémonie religieuse, l'église Sainte-Marguerite retentissait de pleurs et de gémissements.

Lorsque l'Ecclésiastique, profondément ému, eut achevé au cimetière les dernières prières et qu'on eut jeté de l'eau bénite sur les dépouilles de la jeune fille, chacune de ces anciennes compagnes déposa dans la fosse, en pleurant, son bouquet de roses blanches.

Au moment où, à leur suite, le petit Adolphe y plaçait une couronne d'immortelles,

en appelant pour la dernière fois, d'une voix
lamentable, *sa sainte Rose Blanche du bon
Dieu*, tout à coup Delaunay, défaillant et
comme écrasé jusqu'à ce moment sous le
poids du plus effrayant désespoir, relève la
tête. Ses yeux éteints s'illuminent ; regardant le ciel et s'approchant d'un pas assuré
de la tombe de sa fille, il étend sa main sur
elle, comme pour faire un serment et verse
un torrent de larmes.

Son cœur, oppressé depuis si longtemps,
fut enfin soulagé ; une transformation de tout
son être venait de s'opérer en lui.

Saisissant le bras de M. Clémann, avant
de sortir du cimetière, Delaunay paraît le re-
conduire à son tour. A peine revenu à l'entrée du Faubourg, accompagné de ses amis
qui, ne comprenant rien à ce changement su-
bit n'y voyaient que le paroxysme d'une immense et inconsolable douleur, l'ébéniste les
remercie, les embrasse avec effusion de

cœur, et charge le bon Alsacien de le précé-
der, de congédier les personnes qui se trouvaient à la maison auprès de sa femme et de
rester seul avec elle pour l'attendre.

Aussitôt qu'il arrive chez lui, Delaunay, en
présence de M. Clémann, se précipite aux
pieds d'Augustine, embrasse ses genoux en
pleurant, et joignant les mains comme lorsqu'on prie Dieu : « Pardon ! pardon, ma
« chère femme ! » s'écrie-t-il, « pardon, par-
« don... ! » Sa voix lui manque.... Augustine,
tremblante de tous ses membres, essaye de
le relever pour se jeter dans ses bras. —
« Non, non, je ne me relèverai pas ; je suis le
« plus coupable des époux, le plus malheu-
« reux des pères ; pardon ! ou je meurs à tes
« pieds ! » Puis, se retournant, toujours à
genoux, vers l'image du Christ, et en même
temps jetant un regard désolé sur le lit dé-
sert de sa fille : « Mon Dieu ! mon Dieu ! par-
« donnez-moi ! je vous ai abandonné ; mais

« enfin j'abjure mes erreurs..., je reviens à
« vous..., je reviens à la vertueuse épouse
« que vous m'avez donnée.... Pardonnez-
« moi...! Ne suis-je pas assez puni...? » Puis
ses forces l'abandonnant, il tomba évanoui
dans les bras d'Augustine et du bon Alsacien.

Quand il revint à lui, une voix pleine de
larmes et de tendresse lui disait : « Mon ami,
« il y a longtemps que je t'ai pardonné... ;
« je n'ai jamais cessé de te plaindre et de
« t'aimer..., je t'aimerai toujours..... »

Le vœu de Blanche était accompli : ce jour,
quoique bien triste, n'était-il pas aussi pour
elle un jour de triomphe ?

CONCLUSION.

———

« La mort saintement héroïque de l'Arche-
« véque de Paris * » a profondément ému la
France et le monde entier. Il a été donné à
son sacrifice sublime d'éteindre des haines,
de pacifier des cœurs, de réconcilier avec la
Religion des esprits rebelles et d'élever une
multitude d'âmes tristes et découragées jusqu'aux espérances éternelles.

Par son immolation, le bon Pasteur a ob-

* Proclamation de l'Assemblée nationale, du 28 juin
1848.

tenu de *Dieu* qui *protége la France*, plus de
bienfaits réels et de véritable bonheur pour
son pays que les plus illustres capitaines ne
lui en ont donné par leurs victoires.

Sa mémoire restera à jamais l'une des plus
grandes gloires de la Patrie, parce qu'elle
rappellera un des plus magnanimes dévoue-
ments inspirés par la Religion.

Le dévouement non moins héroïque de la
fille d'un ouvrier, ses prières, sa piété, le sacrifice de sa vie pour le salut de son père,
avaient répandu plus de lumière dans une
intelligence, longtemps aveuglée, que tous les
enseignements des hommes, exercé une in-
fluence plus puissante sur ses désolantes in-
certitudes que tous leurs discours, fixé plus
sûrement sa volonté mobile et inquiète que
leurs séduisantes promesses, et ramené enfin ce disciple de l'orgueil à la Religion, cet
époux, endurci par l'école de l'égoïsme, à la
plus vertueuse des épouses.

Cette clarté si douce, ce calme de l'âme, cette jouissance d'une conscience réhabilitée, sereine et paisible après tant d'agitations, de chagrins, de malheurs et de remords, Delaunay ne devait tous ces biens, si fatalement perdus et enfin si heureusement recouvrés, qu'à sa fille, à sa fille seule, parce que sa fille aimait Dieu et en était aimée.

LES AMIS DE DIEU SONT LES PLUS FORTS.

———

Nos lecteurs, naturellement curieux de savoir ce que sont devenus les différents personnages qui figurent dans notre *Nouvelle*, nous reprocheraient peut-être de ne pas poursuivre plus loin notre récit. Nous pourrions leur répondre que toute histoire doit avoir sa fin ; mais comme notre intention a été et est encore de leur être agréable, nous leur apprendrons, en peu de mots, pour leur satisfaction et pour la nôtre, quelques détails qui ne laisseront pas de les intéresser.

Notre Ébéniste, devenu associé de son patron, a tenu parole à Dieu et à sa femme ; madame Delaunay n'est pas seulement, à l'heure qu'il est, la plus heureuse des épouses, mais la Providence l'a rendue aussi la plus consolée et la plus fortunée des mères ; elle a donné le jour, il y a quatre ans, à une charmante petite fille qui a pour noms : *Rose-Blanche-Augustine*, selon le désir de son mari, et retrace d'une manière parfaite le portrait et les aimables vertu de *La Rose blanche du bon Dieu*.

Le bon Alsacien, dont le fils déjà grand, travaille avec son père à la fabrication des pianos, fait ménage commun avec les Delaunay. Il n'en pouvait être autrement ; ces cœurs étaient de la même famille.

Les époux Valdoux ont vendu leur maison,

qu'ils n'ont quittée que la veille même de sa démolition ; craignant par-dessus tout les révolutions, ils sont partis pour *le pays,* d'où ils ne comptent jamais revenir.

Les Brosset se sont enfin ingéniés à simplifier quelque peu leur commerce, sans toutefois quitter le faubourg Saint-Antoine ; leurs affaires vont bien. M. Brosset est encore de la plus extrême docilité pour sa femme. Quant à madame Brosset, elle avoue que *La Rose Blanche du bon Dieu* l'a convertie. Aussi épargne-t-elle beaucoup plus, sinon sa langue qui a besoin d'exercice, au moins la réputation du prochain. Elle tient toujours elle-même dans la boutique la spécialité des sangsues, adore M. et madame Delaunay, se met aux pieds de M. Clémann et l'aime à la folie Rose-Blanche-Augustine.

Imprimerie de W. REMQUET et Cᵉ, rue Garancière, 5.

TABLE.

	Pages.
INTRODUCTION.	1
CHAPITRE PREMIER. — Delaunay l'ébéniste.	13
CHAP. II. — Les voisins.	37
CHAP. III. — Blanche Delaunay.	51
CHAP. IV. — 24 Février.	73
CHAP. V. — Les Clubs.	89
CHAP. VI. — Journées de Juin.	121
CHAP. VII. — Les meneurs.	137
CHAP. VIII. — Les deux victimes.	153
CHAP. IX. — Les deux martyrs.	165
CHAP. X. — Les deux triomphes.	175
CONCLUSION.	191

www.ingramcontent.com/pod-product-compliance
Lightning Source LLC
Chambersburg PA
CBHW051833020726
47502CB00005B/1766